Une étude écocritique autour des oeuvres de l'écrivain taïwanais Wu Ming-yi

La littérature à l'ère de l'anthropocène

臺灣作家吳明益的生態批評研究

人類世的文學

Gwennaël Gaffric

闕首奇 ———著 許雅雯 ———譯

目次

目次

真正重要的是旅程本身

美國作家娥蘇拉・勒瑰恩（Ursula K. Le Guin）在奇幻小說《黑暗的左手》（*The Left Hand of Darkness*）中，藉一個登場人物說了這句話：「最終能夠完成旅程當然是件好事，不過說到底，真正重要的還是旅程本身。」

我在二〇一〇年決定博士論文主題時，面臨了三大質疑。

首先是當時《複眼人》尚未出版，吳明益也沒有任何作品被譯成其他語言，換句話說除了臺灣文學界以外，幾乎沒有人聽過我的研究對象。在那種情況下，用一整本論文來談論一個尚未經典化的作家，可謂冒險。

再者，「人類世」的概念是我的論述核心，這個詞彙當時在科學界雖已廣為人知，但在人文學科，甚至是文學界幾乎沒有相關的討論。我還記得我是法國論文網站 theses.fr 上第一個把「人類世」和「文學」兩個關鍵字擺在一起的博士生。

最後，在法國這個學科間壁壘分明的國家，後殖民研究與生態批評並未受到重視（一般認為這兩個方向過於政治或不夠普世）。在這樣的環境中，要讓不同領域的理論對話並非易事。

十二年間，日月如流，吳明益已然是臺灣當代文學的指標，也是海外華文市場中享有盛名的作家；而「人類世」一詞則成為人文學科、藝術展覽或文學研究領域不可忽略的關鍵詞，甚至出現濫用的情況，成為「環境危機」簡化的代詞。如今，對當代所有關注文學作品中的環境議題或人類中心主義的研究者而言，自然科學、政治史或社會學等領域已和純文學理論具有相同的重要性。

提出這件事，立意不在展示這本書的內容多麼具有前瞻性，或彰顯當年我的先見之明，而是要說明我的博士論文在二〇一四年寫成，至今學術界與文學界已向前推進了一大步。吳明益的每一部作品始終延續我在首次閱讀他的小說時感受到的震撼，人類世的典範也確確實實地顛覆了我們對知識與文學的理解。

我在本書的緒論中提到，談論一個仍處於變動狀態的主題，以及分析一個仍有許多未盡之言的當代作家的難處。文中說到「當代性在此指個人與當代之間的特殊關係，當代人應擁有得以擺脫沉悶的現實、破譯機制和挖掘困境的手段。對作家而言，這種手段即是寫作。」現在看來，即使寫作和思考已成為過去式，卻仍見證了一段向前流淌而非逝去的時光。

坦白說，這本書截取自我二〇一四年答辯的博士論文，實屬過時。二〇一八年，本書法文版出版時，我增補了一些內容，包括對《單車失竊記》（2015）的想法。然而，卻未能提出對《苦雨之地》（2019）和楊雅喆導演拍攝的《天橋上的魔術師》影集的反思。學術文章的引用亦然，包含李育霖、黃宗潔或高嘉勵（和其他未能點出的研究者）等人都是本書的遺珠之憾，還有二〇一九年以吳明益為議題核心的臺大《Ex-Position》期刊也是。

此外，本書內容也未能完整地討論吳明益寫作的深度。然而，文學研究的目的也不在回答所有的問題，一如同樣來自勒瑰恩小說《黑暗的左手》中的這句話：「認識到哪些問題是不可回答的，並且做到不去回答，在艱難黑暗的世代中，這種技能尤其必要。」

探討吳明益的文章不在少數，但我相信仍有許多值得挖掘的層面。雖然我在本書中嘗試解讀他的作品的內在連結，但他卻也不是不變的，只要臺灣還在改變⋯⋯吳明益自己就這麼說過：「『臺灣』是這個島嶼上所有的生物與生境的混合詞，一個不斷變動的名詞。

臺灣每天都在死亡一點，誕生一點，然後變得更加臺灣。」

我想，藉由創作，吳明益也會變得更加吳明益，我仍引頸盼望著他的下一部作品。

最後，仍要佔用一點篇幅表達我的謝意。第一個該謝的自然是雅雯，感謝她十四年來對我付出無限的耐心，更感謝她接下我提出的挑戰，以她的熱情、才華和敬業的態度面對這本書的翻譯，一如她對每一本譯作的用心。

A和S，妳們容忍著我的任性，雖然相處的時間不長，但妳們是我每一日的靈感來源。對妳們的感謝永不嫌多。

當然不能繞過吳明益，感謝他當年答應一個學生的請求，把第一部長篇小說《睡眠的航線》交給我翻譯，對初出茅廬的無名小卒展現信任與尊重。這麼多年來，這麼多的翻譯，他從未干涉我對作品的理解與詮釋。在翻譯了他近十五篇短篇和長篇小說後，維繫我們的，遠遠超過作家與研究者的關係。

感謝我的博士論文指導教授利大英（Gregory B. Lee）自始至終支持我的研究計畫；感謝高格孚（Stéphane Corcuff）多年來的指導，還有 Thiollier 一家在出版這本書（法文版）時給予的支持。

感謝新經典文化的信任與對這本書的興趣，希望能成為與臺灣讀者分享我如何閱讀吳明益的機會。

最後，我要將這本書獻給兩位尊敬的前輩。他們的命運在我寫作論文和這幾句話之間遭受了重大的打擊。沒有他們的陪伴和友誼就沒有這本書。在此向陳建忠、陳芳惠和他們的家人表達我的心意。

——關首奇　二〇二二年

緒論

人類世時代的臺灣文學

Introduction : La littérature taïwanaise à l'ère de l'Anthropocène

讀一本好書，就能聽見書頁間傳來宛如森林的迴聲。

——亨利．大衛．梭羅（Henry David Thoreau）

人類世中的臺灣文學

地球化學家保羅．克魯岑（Paul J. Crutzen）於二〇〇〇年提出「人類世」的假說，指地球自十八世紀末以來便走入了一個新的世代。在此世代中，人類活動全面改變了地球的地質年代，且以全球二氧化碳和甲烷濃度的增高為主要特徵（Crutzen, 2007）[1]。接在全新世（Holocene）之後的人類世標誌著人類活動（工業、農業、森林砍伐、都市化、過度捕撈、化石燃料耗盡、廢棄物積累等）為影響地球環境變異的主要因子，影響力甚至超越了此前其他自然力量。

儘管這個由人類主宰地球生態環境的世代至今仍未正式定名，卻已在科學界、媒體、哲學和藝術領域引起廣泛的迴響。比起學術意義，人類世的假說實際引發的典範轉移更受到普遍重視，它證實了本被視為各自獨立的科學、倫理和美學等範疇在本質上彼此關聯。此一概念近來在科學、哲學甚至是文學間湧現，顛覆了原本各自為政的知識體系。

學者莫頓（Timothy Morton）巧妙取用了德希達（Jacques Derrida）著名的論述「文本之外無他」（il n'y a pas de hors-texte），將人類世的概念解釋為「人類文本之外無他」（There is no outside-human text）（Morton, 2012：231）。人類世宣告了新世界的到來，一個非人類必然與人類相互包融的世界。一如拉圖（Bruno Latour）的論述，今日，我們已無法將「自然」與「文化」截然劃分（Latour, 1997）。綜觀今日諸如核災產生的輻射雲、市區內的流浪狗、動物園接收的動物、基因改造食物和太平洋上的垃圾渦流等當代現象都超越了兩種框架。經濟學家不久前仍以「外部性」（externalities）[2]說明環境退化，以及「海洋、大氣、已開發國家外的人口，更重要的是，未來」（Clark, 2013）等現象，如今卻也察覺，人類的意識形態與行為已然成為生產風險與複合體（hybride）的工廠，「外部」一詞也在人類世中消逝。

儘管我們經常將所謂的「生態」危機與人類世聯想在一起，但它構成的挑戰，其實已不再限於處在非人類環境中的人類活動所帶來的負面影響而已。如瓜達希（Félix Guattari）所言，生態的危機同時也是「社會、政治和存在的危機」（Guattari, 1992）。生態學牽涉的領域極為廣泛，無法約束在「自然」或「環境」等框架之中。單從詞源的角度來看，便能大致了解其範疇之多元：écologie一詞源於希臘文的oikos（意指「家」）和logos（意指「科學」），兩者結合即「居住環境的科學」。「生態」一詞在被賦予多元的意義前，原指生命的科學，是一門研究生存條件、生物與環境因子的學科，研究範圍自生物棲居地乃至整個地球。如此說來，特定生存空間中的動態，以及影響這些動態的各種強權因子，皆是生態問題的一環。對瓜達希而言，「生態的內涵不應止於少數自然愛好者或專家圈畫出的範圍」（Guattari, 1989）。

面對延展至不同領域與「主體性的所有範疇」（l'ensemble de la subjectivité）的危機，瓜達希認為必須以橫貫的思維看待文學中所涉及的生態問題，自多元的角度展現文學理論，才能應對人類世典範的挑戰。

正如歷史學家查克拉巴提（Dipesh Chakrabarty）所強調的，氣候變遷迫使人文和社會科學的學者提出新的理論，將環境科學、哲學與藝術等學科一併納入考量（Chakrabarty, 2012）。研究與今日氣候遽變因果相關的文學作品時，也必然要自跨學科的角度出發（Lee, 2013）。

這些研究後來發展成「生態批評」（écocritique）。生態批評的論述於一九九〇年代萌芽，最早在美國學術界中發展，而後傳播至其他英語系國家如英國和澳洲，亞洲（主要是臺灣和中國）和歐洲（德國、西班牙）在十多年前開始討論，法國則到晚近才興起。

生態批評論述的發展，最初是為了將傳統上常與社會領域相提並論的「世界」擴展到生態領域，藉此理解文學如何表現同一生態環境中生物的互動（Glotfelty, 1996：xix）。亦即，文學想像如何呈現對環境的關懷。然而，文學批評裡的環境意識並非是無端出現的，自一九七〇年代起，社會科學家們——特別是來自美國的研究者——開始對環境美學產生濃厚的興趣後，這個概念也隨之而起。

自一九九〇年起，生態批評在知識論與方法論上的發展既快速又多元，布伊爾（Lawrence Buell）與史洛維克（Scott Slovic）在回顧這一段發展時，認為英美的相關研究應分成三波浪潮[3]。

第一階段以「自然」為研究對象，將人類與自然（指動物、植物、礦物、水等）分離。最早幾篇自這個角度切入的文章都帶有濃厚的國家認知（特別是英、美兩國），學者也大多偏好浪漫想像和自然書寫兩種文類。除卻幾部經典巨著外，對於這些作品的分析通常聚焦於在無人荒野上的生活經驗，以及在觀察自然的過程中產生的情緒。

一般認為這種方法在某種程度上過度美國中心。一如艾斯塔克（Simon C. Estok）所言，生態批評長期以來圍繞「環境文學」打轉，這一時期的論述大肆推崇美國作家的荒野文學，以英文書寫並在美國出版的作品一時成為學界寵兒（Estok, 2009 : 86）。印度學者古哈（Ramachandra Guha）和南美學者馬丁內茲—艾利爾（Juan Martinez-Alier）進一步證實了這一點。兩人在一本談論環境主義運動歷史的重要著作中，提出所謂「北方環境主義」（environmentalism of the North）與「南方環境主義」（environmentalism of the South）的差異，認為前者較為保守，關注於「荒野」的保育；後者則超越了單純「保護地球」的抗爭，融入更多的社會意識。古哈與馬丁內茲—艾利爾強調環境主義需考慮環境運動的多元與歷史社會的背景，並非所有環境主義的考量都與在亞利桑那州建立國家公園相同（Guha et Martinez-Alier, 1997）。就在這百家爭鳴之際，環境正義研究（environmental justice studies）興起，學者也更加重視「南方」和「北方」社會與歷史背景差異，後殖民批評等當代理論開始匯入這股潮流，豐富了生態批評的論述。就主題而言，這一時期的研究者對環境的想像漸廣，眼光也觸及更多類型的作品，例如科幻小說、超現實主義詩、戰爭小說等。

相較於第一波浪潮強調傳統的自然與環境保育（倡導保護土地並崇尚無人的荒野），第二波生態批評受到更多哲學與政治環境主義的影響，因此對於生態歷史的複雜性、社會與意識形態的意義，以及北美地理環境外的自然有更多了解。

最後，在生態批評內部與外部辯證與論述的趨動下，第三波浪潮興起，生態批評論述中經常使用的話語一一被拆解。這一階段的論述受到德希達、阿岡本（Giorgio Agamben）、哈洛威（Donna Haraway）或是更近期的莫頓等人影響，「自然」、「人類」、「動物」等類別都被徹底重新界義與劃分。近年來，這一浪潮帶出了酷兒生態主義（queer green theory）、世界主義（cosmopolite）、後民族（postnationale）、後人類（posthumaine）等領域，探尋的目標不再是回到工業化時代前的和諧狀態與環境，而是描繪出新的人類型態。相同的，與其專注於回溯對土地或國家的歸屬感，新的理論關注的是生態應協助建立超越人為邊界的地球意識，意即生成「生態世界主義」（eco-cosmopolitan）（Heise, 2008）。

事實上，以生態批評論述為基礎而生的行動主義是最為人討論的層面之一，柯亨（Michael Cohen）便認為生態批評應兼具理論與實踐（Cohen, 2004）。對柯亨來說，所有對環境問題的理解都必須以政治倫理為框架，不能單純「由社會與田野的實踐塑造，理論的解析也是同樣重要」，因此，有必要建立一個足以支撐該價值觀的知識論。正如女性主義與後殖民主義，生態批評的目標不只是建立理論，也是積極實踐。

臺灣的生態批評

臺灣的生態批評理論約於二〇〇〇年起在大學外語系中開始有了討論與交流，特別是淡江、中山、中興等大學舉辦的研討會與演講活動，不僅探討了文學中的環境議題，更邀請當時的論述健將如史洛維克、墨菲（Patrick D. Murphy）和莫頓等人到臺灣交流。臺灣的情況與大西洋外的地區相同，最受學者矚目的文類即是自然寫作（nature writing，吳明益譯為自然書寫）。然而，除卻近來的比較文學研究外，大多數臺灣的生態批評論述仍對作家做為現今生態典範的說法持保守態度，將作品限縮在臺灣境域之內。由此可知，臺灣生態批評研究經常帶有地區性的觀點，因此也被視為一種特殊的存在。這一現象正和一般做為普遍經驗的美國生態批評與「美國經驗」相反（黃逸民，2010）。

生態批評的目的並非藉由一本小說反省拯救生態的手段，更非探究詩作如何反轉讀者看待自然的眼光，而是在全球化的今日，處於消耗環境、記憶與想像的現代性中的文學如何創造出虛構、生成和存在的條件。因而，在人類行動對環境與其他共存生物造成空前影響的時代中，本書將文學視為一種觀察、抵抗與創造的方式。如佩斯（Saint-John Perse）

的詩作所示，我們處於「地球與人類交會之際」（Perse, 1972 : 438）。生於人類與地質學激烈碰撞時代中的文學，能發展出什麼樣的生存與共存模式？

因此，本書將取道各種不同的現象來探索文學與生態對彼此的詰問，論及河川汙染、甲烷冰的開採、海洋廢棄物、石化工業、摧毀月球的行動、蝴蝶的販售，甚至是化成抹香鯨的人。這些道路終將通往同一個目的地，即透過吳明益的作品，以「關係的本質」（ontologie de la relation）思考生態。

為什麼談臺灣？

臺灣位處中國與日本的歷史、地理交會處，這兩個大國面對的生態議題都比福爾摩沙群島嚴重得多，且更為驚心動魄，加上臺灣在世界上的地位微乎其微，對國際環境政策根本無能為力，在這樣的背景下，探究一個臺灣作家的寫作能為全球性的人類世辯證帶來什麼影響呢？

事實上，正是因為這種「閾限狀態」（liminalité），更凸顯臺灣的重要性（Corcuff, 2011）。這座島因為殖民的歷史、地理位置的特殊和模稜兩可的地緣政治，幾世紀以來逐漸成為這個區域和全球歷史的交匯點。島嶼在地理大發現時期便是歐洲航海家口中的夢幻之地，直到歐、亞殖民時期都佔有重要地位；二次世界大戰期間，臺灣更成為太平洋戰爭的基地，自冷戰時期起，始終是美國眼中的關鍵戰略地區。此外，身為工業化國家「模範」的臺灣，政治地位極富爭議，有時有機地依附在模糊的大中華文化上，有時似乎又與海洋母體文化之間有著某種連結，端看各種對立意識形態的考量。然而，正如所有後殖民地區，臺灣的歷史軌跡不能自立於全球歷史背景之外。儘管島嶼上的某些現象看似在地，例如特有種蝴蝶的滅亡、工業汙染帶來的疾病、湖泊環境惡化或都市化的負面影響……事實上都脫離不了與整個世界的關聯。臺灣面對的所有生態問題都是島嶼歷史的一環，也含括在世界歷史之中。

本質上也處於閾限狀態的臺灣文學史，正是進入臺灣歷史與其獨特魅力的大門。臺灣的認同也和自身的歷史相似，始終處於變動的狀態，有時投射出日本帝國的影子，有時又是大中華或臺灣國族。這種擺盪的特性即是建構「國家文學」（littérature nationale）的挑戰。

近二十年來，重寫臺灣文學史的工作也相當於重新評估了它在這些特殊類別中的地位[4]。直到沒多久前，無論是在法國、臺灣或其他地區，在「中國文學傳統」的框架外研究或翻譯臺灣文學仍被視為是邊緣化且帶有區域主義的做法，同時也無法避免地與政治掛勾[5]。

為突破中國中心主義的限制，自一九九〇年代起，學者嘗試以各種自我參照的方式建構臺灣文學史，文本卻因此失去了開放與流動的特質，落入和其他地區本土文學相同的命運，最終只能與自己對話。創作對外界封閉的臺灣文學或一味談論臺灣，必然讓文學陷入普世性與特殊性二元對立的困境。這兩種概念正如硬幣正反兩面，相互強化另一方的正當性。米蘭．昆德拉（Milan Kundera）稱之為「小民族的區域主義」（provincialisme des petits），意思是這樣文學認為自身足夠豐富，有能力闡述己念，因此拒絕把自己放到過於遼闊且遙不可及的「大環境」（grand contexte）下思考，與「大民族的區域主義」（provincialisme des grands）對立，不願被框入世界文學的概念之中。無論就歷史或群島地理環境來看，臺灣皆不處邊緣，反而應是各種關係的交會點。文學也不斷重新界定著臺灣的多元性。如此看來，解讀吳明益文本中的生態批評時，必然涉及地理批評的論述，換言之，即是人類空間與文學作品的交互影響。

本書的使命之一便是避免把臺灣當作絕對或封閉之地，一如吳明益的文字表達的不是一個臺灣人窺見的世界，而是做為一個作家如何在既定的社會與歷史背景下，以獨特的視角——因此勢必有所偏頗與限制——看待生態、哲學與文學。「把孕育出詩歌或文學的產地與整體—世界（totalité-monde）緊密相連」（Glissant, 1995：28）便是引導本書行文的準則。

為何談吳明益？

本研究最大的挑戰之一在於，以一個仍有許多未盡之言的當代作家為研究對象（吳明益生於一九七一年）。然而，本書的意圖並非呈現出作者的整體樣貌，而是探尋那些構成他做為一個當代性作家的嘗試、路徑或是矛盾。當代性在此指個人與當代之間的特殊關係，當代人應擁有得以擺脫沉悶的現實、破譯機制和挖掘困境的手段。對作家而言，這種手段即是寫作。用阿岡本的話說，「過去是通往現在的唯一通道」（Agamben, 2008：

35）。然而，文學的當代性實是虛無的騙局，因為當下總是瞬成過去。一如詩人波特萊爾對當代性的簡要定義：「過渡」（transitoire）、「瞬變」（fugitif）與「偶然」（contingent）。無論是否意識到這點，當代的作家講述的都是當下之事，即使那已成往事，或根本未曾發生。本書中關注的即是吳明益的作品如何勾勒當前的生態問題。

吳明益經常稱自己為多元的行動主義者（〈新版序——死去的那些〉，《迷蝶誌》，頁23-24），一九七一年生，年紀尚輕卻已十分活躍。除了作家的身分外，他也任職於花蓮東華大學華文文學系，另亦從事繪畫、攝影（二〇一四年出版的散文集《浮光》即是以攝影為主題）、生態觀察、文學批評，更是積極參與環境運動的行動家。他的作家生涯尚稱年輕，卻已獲獎無數，其中不乏國際獎項（二〇一四年以《複眼人》獲得法國島嶼文學獎小說類大獎）。二〇一六年以《單車失竊記》獲得第三屆聯合報文學大獎，對他而言更是一個重要的指標。此外，他的作品國際版權自二〇一一年起即由版權經紀人負責處理，為臺灣第一人。

吳明益曾嘗試各種不同的寫作，從自傳性的散文到自然書寫，從短篇小說到歷史小說，甚至是科幻小說。這些創作中經常可見互文性，不僅限於臺灣和中國的元素，還包括與歐洲、非洲、美國印第安、大洋洲和美國作品間的互文，更融會了大量非文學的學問，舉凡歷史地理學、昆蟲學、人類學至地質學與哲學皆在其列。除此之外，這些作品當然也不乏與自己的文本的內在互文。本書考察的主軸在吳明益作品橫向跨越和相對關係的深度，把它們的詩意放在普世認知之上，避免以單一文化框限，因此也確保了相似性與特殊性。

吳明益至二〇一五年止的所有作品皆在本書探究的範圍，偶有幾處會帶到副文本（前言、後序、評論與訪談等）內容[6]。作家的文字是本書首要的分析基礎，不過他的學術和行動參與也是貫穿全書的參照資料。

總括來說，書中將討論人類世文學的三個面向：文學與「自然」論述、文字與實踐、寫作與未來創造。這些分析的目的在於重新定位吳明益，將他的文本放回生產條件的中心，藉此觀察整體路徑，以便了解這些文本如何與當代的人類世典範互動。換言之，即是把文本提出的、建議的、帶動的跨界領域整合起來。這正是薩依德（Edward Wadie Said）所說的「所有文本的生產都是『世界化』（worldly）的過程[7]，在某種程度上都是一個事件，即使看似否認，實際上仍無法擺脫社會與人類生活，以及它所處的和詮釋的歷史時刻」

（Said, 1983 : 4）。因此，本書涉及的文本皆處於社會脈絡之中。

吳明益的文本生態系統

以生態系統來比喻一個作家的獨特性雖看似取巧，卻能把相互依存且融入同一個大文學環境的文本放在異質元素間理解。吳明益的文風——似乎也是所有作家必備的條件——並不容易定義：既非絕對、亦非相對，而是處在一個關係的網絡之中。這正是他豐盈厚實之處。與多領域交纏滲透的作品特性正好提供一個可能性，跳脫將文字視為映照世界、國家或文化群體的傳統，亦避免將世界、國家或文化群體視為書籍投射，而是以德勒茲（Gilles Deleuze）與瓜達希所說的書籍「塊莖」來看待（Deleuze et Guattari, 1980 : 10, 18, 34）。波赫士（Jorge Luis Borges）對這種關係的特性也有所闡述：「一本書不只是一個詞語結構或是一系列的詞語結構而已；（……）不是一個獨立的存在，而是一個關係，一個無數關係交織成的核心」（Borges, 1993 : 789-790）。

書籍交織的關係有一部分是以跨文本的特性為基礎，這也是本書探查的要點之一。之所以自此視角切入，意在擺脫文本受「前文本」（hypotexte）影響的傳統概念。過去認為當代非西方世界的作家皆是「文明社會」拙劣的仿效者，而中、西文學注定是影響與取用的關係（陳思和，2011：29）。與其把這專橫的幽靈纏繞在吳明益的文字之上，或許以挪用、再造的角度來看待更為合適。

以下對熱奈特（Gérard Genette）提出的「跨文本性」（transtextualité）稍作說明，當有助理解文學分析觀點。互文性（intertextualité）最早由克莉斯蒂娃（Julia Kristeva）提出，熱奈特取其意義加以限縮，並和其他涉及文本關係的概念結合（副文本、元文本、超文本、主文本），提出了「跨文本性」一詞，他指出「跨文本或超越文本即是所有使一個文本與其他文本建立聯繫的內容」（Genette, 1982：7）。

互文做為跨文本性獨特的安排，經常直接出現在吳明益的作品當中，如黛安・艾克曼（Diane Ackerman）、瑪格麗特・愛特伍（Margaret Atwood）、北島、達爾文（Charles Darwin）、柯慈（J. M. Coetzee）、法布爾（Jean-Henri Fabre）、馬奎斯（Gabriel García Márquez）、布西亞（Jean Baudrillard）、李奧波（Aldo Leopold）、濟慈（John Keats）、

惠特曼（Walt Whitman）、劉克襄、黃春明等人都會直接被他引用（不只是一般認為的散文而已，就連短篇與長篇小說中也會出現），讀者有時甚至會在書名上看到互文的安排，例如二〇〇七年的散文集《家離水邊那麼近》即來自瑞蒙．卡佛（Raymond Carver）短篇小說《So Much Water So Close to Home》，《單車失竊記》則是致敬義大利導演德．西嘉（Vittorio De Sica）；此外，也有其他文章的標題引自伊朗導演阿巴斯．基阿魯斯塔米（Abbas Kiarostami）、華茲華斯（William Wordsworth）、《聖經》或莒哈絲（Marguerite Duras）未完成的詩句。

另外還有一些互文的運用較為隱晦，吳明益沒有明說，只在字裡行間浮現。《睡眠的航線》中就嵌入了許多互文捉迷藏，例如故事中最複雜曖昧的角色平岡，事實上就是年輕的三島由紀夫化身，平岡的一言一行似乎都與這位作家和他的小說相符。另外，小說中的敘事者「我」在從幼時玩伴那裡收到原屬於父親的餅乾盒後陷入了回憶之流中。這一橋段顯然是普魯斯特（Marcel Proust）的意象。再舉書中另一段落為例，吳明益幾乎完全挪用了波赫士《巴別塔圖書館》（*La biblioteca de Babel*）中的一段文字，重寫到敘事背景之中，把裝載了祈求的圖書館和上窮碧落、下達黃泉的螺旋形樓梯放置在觀世音的心底（《睡眠的航線》，頁44-45）[8]。

而在《複眼人》中瓦憂瓦憂島的文化習俗也和他喜愛的達悟族作家夏曼・藍波安描寫的蘭嶼（達悟語以「Pongso no Tao」稱之，即人之島）多有相似之處[9]。例如作者（虛造的）問候語「i-Wagoodoma-silisaluga ?」（今天海上天氣好嗎？）和達悟族問候語「Yapiyao kawawa na ya ?」極為相似。夏曼・藍波安在《老海人》中將這句話譯為：「海洋的情緒今天好嗎？」（夏曼・藍波安，2009：76）。

同一書中，現實與虛構游移的敘事手法也呼應了保羅・奧斯特（Paul Auster）的《幻影書》（*The Book of Illusions*, 2002）。《幻影書》的敘事者在一場空難中失去了妻兒，就此陷入慘霧之中，在回憶與幻象之間遊走。《複眼人》中的阿莉思在傑克森與兒子發生山難失蹤後也藉著寫作小說重塑自己的生活。

吳明益有時也會給予身處互文迷宮裡的讀者一點線索。他在《睡眠的航線》與《家離水邊那麼近》的附錄中列出了參考書目，分成小說與非小說兩類[10]。

吳明益在《睡眠的航線》最後寫下這段文字，說明參考書目的意義：

以下我列出寫作時一些資料上的參考書籍，沒有這些書和人的思考，我不可能完成另一本書。（……當然有些是很早以前就讀的，這一年也並非只讀這十本小說。此外，所列為我所讀的，或偏好的譯本），雖然大多是很多讀者讀過的經典，但可能也有一些讀者還未讀過。無論如何，我從這些作者身上學到許多，讀者當可以察覺。（《睡眠的航線》，頁305）

吳明益的作品中也穿插了許多音樂作品。在《家離水邊那麼近》的代序〈Water and Walker's Blues〉中，便有多處與齊柏林飛船、Freddie Mercury、John Lennon或Jimmy Page等人音樂的共鳴（〈Water and Walker's Blues 代序〉，《家離水邊那麼近》，頁2-12）。收錄於《天橋上的魔術師》中的〈強尼・河流們〉，講述一個男孩從他的吉他老師那裡收到第一張Johnny Rivers的黑膠唱片《Secret Agent Man》。《複眼人》中的歌曲則更具穿透力，先是邦查族的當代歌手巴奈唱出的歌，故事的最後一個章節裡，也安排了一個角色唱出Bob Dylan的〈A Hard Rain's A-Gonna Fall〉。狄倫的這首歌，是一位把藍眼睛的孩子送上戰場的母親的哭泣，與《複眼人》的故事如此相似，令人不禁提問，這首歌是否就是故事的靈感來源[11]。

吳明益對音樂的喜愛也讓人想起深受臺灣年輕作家推崇的日本作家村上春樹[12]。村上春樹的身影經常出現在吳明益的作品中，不僅是互文，有時在敘事結構和主題上也看得到，例如大篇幅討論醫學、科學、音樂、動物園（稍後會再作討論），或是把閑適的貓放進故事情節裡。《複眼人》和《睡眠的航線》中的貓都擔任了陪伴的角色，打破故事主角的孤獨。而這兩本書中的主角也正好非常村上春樹，兩人都在沉悶的日常生活中迷失自我，卻因此走向奇幻的冒險。有趣的是，吳明益分別給這兩隻貓取了 Ohiyo 和 Hitomi 兩個日文名字。

最後還有「內涉文本性」（intratextualité），此一類型不在熱奈特提出的五種跨文本性中，指的是同一作者的文本彼此呼應交織。這些互文的遊戲有時也會以「轉敘」（métalepses）[13]的形式出現在吳明益的作品中，展現他在這些作品間築起天橋的決心。這一特色也藉由一再「回收」的故事角色和吳明益自小成長的中華商場店家表現出來，在《本日公休》（1997）、《迷蝶誌》、《睡眠的航線》、《天橋上的魔術師》或《單車失竊記》中都可窺見。

此外，吳明益小說中也常出現同名但不同身分的角色。例如《睡眠的航線》中的次要角色阿莉思在《複眼人》中是主角，兩個人物的設定完全不同。《複眼人》中的童年阿莉思似乎是《睡眠的航線》中的敘事者（我），而這個我在《單車失竊記》中也再度出現。這個「我」也曾自述《單車失竊記》的故事是《睡眠的航線》的延續，是同一個角色出發尋找在第一個故事中被父親遺失的單車。而在現實中，是一位讀者的去信為這個主題開啟了後續。藉由這段軼事，作者把對小說虛實的思考放進故事裡：

在我寫作小說的過程中，早就理解到虛構之事和非虛構的人生必然彼此交雜，因而所有的文字文件成分皆有可疑之處。在小說裡把任何事當成現實都是危險的事。比方說那本小說裡我把敘事者「我」的身分訂為電器行老板之子，但實際上我家開的是西裝店，後來也兼賣牛仔褲。小說的真實並不依靠事實而成立，這是所有小說家都懂的事。（《單車失竊記》，頁47）[14]

後設小說的特色也表現在故事敘事者的身分移轉上，讀者有時會對同一個故事的敘事者感到困惑，分不清是誰的人生、誰在集結故事。例如《天橋上的魔術師》就是由九個圍繞中華商場的孩子而生的故事集成。書中每一個短篇小說呈現的人物記憶似乎彼此重疊，敘事者有時是其中的一員，有時又從中抽離，藉每一則故事的不同身分生活，並用虛構的情節填補暗處，彷彿這是把零碎的記憶重組的唯一路徑。

另一個做為天橋的人物是詭譎的複眼人，本書第五章會有更詳細的討論。他在書頁之間神祕穿梭，每一次現身都帶著不同的樣貌和意義。這個人物在二〇〇三年的短篇小說〈複眼人〉裡首度登場，接著在《睡眠的航線》中，他以名為Z的魔幻角色現身，到了《複眼人》中，他又像是觀世音的化身，而觀世音在《睡眠的航線》中則是一個觀世間俗相卻不得出手干預的存在，有時我們也稱祂為千手千眼觀世音菩薩……另外，《天橋上的魔術師》書名所示的那位魔術師也象徵著天橋，連結所有人物的記憶。他的兩個眼睛能看著不同方向，看見一般人用雙眼看不到的事物……

最後，吳明益筆下的角色經常是作家，因此主要敘事會與角色所寫的平行故事重疊，例如《單車失竊記》中出現的阿雲的故事即是出自安妮之手……

除了這些常見的敘事手法外，副文本的運用也是吳明益主要的寫作手段。他在書中——特別是散文集中——加入攝影和手繪圖，甚至連書的「質感」都沒有輕忽，參與了印刷、排版的過程，也特別講究封面設計概念。自二〇〇七年起更要求出版社使用再生紙印刷（〈Water and Walker's Blues 代序〉，《家離水邊那麼近》，頁10）。

因此，封閉、線性和獨立等傳統小說的定義並不適用於此，應以開放、分散和互動的角度看待吳明益的作品。他筆下的小說並非以開頭、主幹和結尾安排而成的獨立且互不相干的敘事，而是一個可以在包含了許多異質物的宇宙中盡情延展的對話空間。

在吳明益至今為止出版的書籍中，除了最早的《本日公休》外，其餘封面皆由他主導或親自設計。

哲學、科學與文學：跨文本的願景與限制

吳明益作品中的互文不僅限於文學文本的引用，也代入了哲學、人類學，甚至是生態學、生物學、地理學、物理和解剖學的知識。這種特色在散文中尤其明顯，原因在於散文

本身就是卓越的跨文類書寫載體，能融合科學、哲學、美學和社會學並產生共鳴。而除了散文外，吳明益的短篇和長篇小說中也有這樣的互文，只是比例較小而已。對吳明益來說，詩意寫作與原本只存在於科學報告中的觀察記錄之間的對話再自然不過。在他眼中，科學和文學都是想像空間的產物。他曾這麼說：

> 哲學、科學、藝術的先知者，各自以自己的聲音「敲打天堂大門」。（〈在寂靜中漫舞〉，《蝶道》，頁72）

散文集《家離水邊那麼近》便是集科學、美學、文學和神話學等學科於一書，探究人類與生存環境（水）的作品[15]。

　將科學分析與理論運用在文學寫作並非新鮮事，在科幻小說，甚至是北美的自然寫作中都能找到。科學與詩學的共融共好，對吳明益而言，就是生態批評與自然書寫的根基（〈新版總序——痛苦並快樂著〉，《臺灣自然書寫的探索 1980-2002：以書寫解放自然 Book 1》，頁6）。

他們激情如巫覡、如薩滿，在日月山川之間，為秋天的早到、鳥飛行的方向、樹的凋萎和人們的命運建立已被遺忘的聯繫。他們打造另一個部門的動物學，替海浪及山的顏色進行分類，將神祕學與自然史寫在同一章，放任詩的語言參與演化論。在那裡，靈魂與文字像草原一樣會茂盛、被啃食，在風裡搖擺並且在早晨留下露珠。（吳明益，2006：73）

吳明益以這段文字歌頌自然書寫作家，他的寫作風格也流露其上。以〈行書〉（2003）一文為例，他步行在詩意的文字和福爾摩沙的地質歷史之間，道出「臺灣」這個符號與它所處的板塊構造一樣，充滿不確定性與動盪（〈行書〉，《蝶道》，頁227-274）。若再進一步細看吳明益引用的字句，便會發現他特別欣賞本以科學研究為職的作家，例如法布爾、李奧波、巴修拉（Gaston Bachelard）、陳玉峯、艾西莫夫（Isaac Asimov）、威爾森（Edward O. Wilson）等[16]。把這些名字一字排開，即表現出這些「硬」科學家（如昆蟲學、生態學、生物學、森林學、天文學……）對「詩性的寫作」的選擇。這一選擇有時是為了普及科學研究成果，但也為了打破科學與文學間的界線，宣揚硬科學的詩學潛能。

然而，把科學與詩學的內容交混也可能引來批評，特別是引用威爾森或道金斯（Richard Dawkins）等有爭議性的人物。

這兩位學者和幾位後進一般被視為社會生物學的奠基者。社會生物學一詞源於威爾森一九七五年的著作《社會生物學：新綜合理論》（*Sociobiology: The New Synthesis*）。這門學科結合了達爾文演化論和行為學（研究動物行為的科學），試圖自生物學或生態學中尋求因果，解釋社會行為的脈絡，其中也包括所有動物群體共同的行為。威爾森關注的雖是螞蟻生態，但他提出的社會生物學的範疇也包括了人類。這一切的基礎在於他認為能夠以曾經撼動「硬」科學的達爾文主義討論人文科學。

然而，做為一門普及全球的科學研究，社會生物學最大的問題在於暗示了基因決定論的觀點，亦即，所有社會行為都有天性基礎。將昆蟲行為與人類社會相提並論，彷彿試圖為社會建立一個普遍的行為公式。基因決定論因此成為社會生物學最大的爭議。事實上，的確也有一些社會生物學家將基因視為生物建立社會的關鍵。從這一科學假設中可以推出這樣的結論：生物並非為了自己而存在，而是為了在最好的環境中繁殖並傳承基因。正如道金斯所言：「身體是基因的殖民地，細胞只是方便基因工作的化學工廠而已」（Dawkins, 2006: 46）。

若僅斷章取義，社會生物學的理論亦能為戰爭背書，被視為生物社會「自然」現象的戰爭行為便能因此免於社會譴責。事實上，社會生物學的研究與結論並不是造成誤解的主因，真正的風險在於有心人士取而做為他用。達爾文主義亦是如此，儘管演化論最初否定基因決定與物種不變，後起的社會達爾文主義者仍挪用適者生存的思想為階級優越的現象辯解。後文中也會再說明環境主義論述擺脫不了這種排外情結的挪用。

若以極度簡化的方式詮釋，社會生物學亦可做為現存社會秩序的科學依據。儘管幾位奠基學者的相關著作屢獲肯定（如威爾森獲得一九七九年和一九九一年普立茲獎），仍無法掩飾這一學科自出現以來遭受的猛烈抨擊，其中又以美國學界的反應最為激烈，哈洛威就是批評這一論述中最不遺餘力的學者之一。她在著作《猿猴、賽伯格和女人：重新發明自然》（*Simians, Cyborgs, and Women: The Reinvention of Nature*）（Haraway, 1990）中瓦解美國早期靈長類研究的論述，同時也重新檢視了她視為承繼該學科的社會生物學。哈洛威借傅科（Michel Foucault）之言，強調自然科學有時也會成為社會控制的理論基礎。這裡，她指的即是「銘刻論述與裝置」（discourses and technologies of inscription）。靈長類學就是一個經典的例子，靈長類動物被視為「人因工程是人類發展最理想的方式」這一理論的科學證據。此外，哈洛威也藉此批評了社會生物學引導某些作者以科學研究證實了「雄性領導」（dominant male）的假設[17]。

對社會生物學的批評在一九八〇至一九九〇年間愈發猛烈，最後，威爾森只能轉而投入探討生物多樣性（biodiversity）。「生物多樣性」與「對生命的愛戀」[18]（biophilia，人類對生命的喜愛根植於天性，擁有追求和其他生命保持親密關係的欲望，因此也會有保護生命多樣性的「本能」）都是由他提出的。然而，即使他很有意識地與社會生物學拉開距離，並堅決否認操作社會達爾文主義，但整體論（holism）的觀點仍貫穿了他後續包括科學研究、科普著作或「生態」小說等作品[19]。

那麼吳明益呢？吳明益在幾部不同的著作中都曾引用威爾森與道金斯，以「親生命性」的論述反思生物對棲居同一環境內的其他生物抱持誠敬之心的需求，更以「共生基因的群體」（symbiotic colonies of genes）的概念比較人類和蝴蝶遷徙的經驗[20]。這些思考在吳明益的散文中顯而易見，但在小說中就較為曖昧了，例如《睡眠的航線》中敘事者提及

「生殖成就理論」（inclusive fitness theory）（頁254），也在第四十四節中以竹子開花後死亡的現象連結二次大戰倖存者……

除了引用這些帶有爭議的概念和以行動關注生態的科學家外，吳明益似乎更在意的是這些人的姿態，也就是以詩學灌溉科學，反之亦然。道金斯便曾說道：「科學像詩一樣美，必須是充滿詩意的。科學自詩人身上獲取許多，也應自詩的意象和隱喻之美中尋找靈感」（Dawkins, 2000：233）。

儘管這些引用藏在小說的字裡行間，吳明益對道金斯與威爾森理論的參考與運用仍是討論他的作品時不可忽略的一環。這裡當然不是指吳明益認同自社會生物學創始者的研究中延伸出的那些具有爭議的論述，但這個現象仍然凸顯了交混不同文本時不可忽視的風險，畢竟作者無法完全掌握言論的走向[21]。

吳明益與中國傳統文本

吳明益的作品雖然經常與世界各地的文本交互對話，但在許多臺灣生態研究，甚至是對吳明益文本的研究，仍會認為他的文字直接繼承了「中國」傳統中的自然觀。例如李煥為臺灣第一本當代自然寫作書籍《我們只有一個地球》（馬以工、韓韓，1983）所寫的序中提到：

> 中國人一向被認為是最了解自然、最欣賞自然、最契合自然、最能與自然和諧相處的一個具有哲學色彩的民族。所以中國哲學以「天人合一」為最高境界，這也是東方智慧的尖峰。但是，韓韓回國以後，發現這一代中國人竟然亦步亦趨地走上西方國家走過的道路。（李煥，1983 : 4）

這一段敘述是當時常見的意識形態[22]，今日看來卻頗為滑稽。孫燕華在寫作《当代生态问题的文学思考：台湾自然写作研究》一書時更進一步談論了這一現象，以承繼中國哲學傳統做為臺灣自然寫作的特色，並認為臺灣作家——包括吳明益在內——都沉浸在這種傳統中寫作（孫燕華，2009）。藍健春也在一篇討論吳明益蝴蝶書寫的文章中提出了相似的觀點，回溯莊子、李商隱，乃至李白、杜甫的寫作脈絡（藍健春，2004 : 75）。

本研究不在於對自然書寫是否承繼「中國」傳統文學或哲學脈絡作出論斷，而是描述這種論述背後的意識形態，並提出吳明益對此觀點的看法。

首先，我們必須先思考，中國傳統中是否存在「單一」的自然觀，甚至進一步思考，為什麼應該關注這一提問？

近年來，中國和其他華語地區的學者對於中國古典文學或哲學中的環境議題愈來愈感興趣，莊子、易經、謝靈運的詩乃至王陽明的宋明理學都成為探究的對象。以幾世紀前的中國文本來重新評估生態議題，本是可被理解的手段，但卻不該把這種用過去的文字檢視人類和環境與周遭生物關係的渴望視為單一途徑。事實上，這種一味往傳統裡探尋的渴望背後帶著地緣政治的背景和國族／文化主義的色彩，在強調中國文化特性的同時，打著文明本質差異的旗號，為背離民主的手段背書（Gaffric and Heurtebise, 2018）。這股國學熱潮不只存在於中國知識分子圈內，也漫延到其他國家如新加坡、香港、臺灣或美國的一些團體。這些人聲稱自己是「文化中國」的一份子，承繼了「中國文化」並想像出一個跨國群體。

而除了華語世界的知識分子試圖在「中國價值」與生態意識之間搭起橋樑外，也有一些來自西方的學者，儘管不是中國古典文本專家，也喊著文化主義意識形態的口號介入。

嘗試以環境哲學的角度重新評估生態問題的論述，最終都不免強化「東方思想」與「西方哲學」間的差異，落入以「民族精神」為口號的比較，這種方法令人質疑。例如學者柯倍德（John B. Callicott）便曾從「中國」與「東方」哲學的文本中取材，重新思考「西方」與自然的關係。在《大地的智慧——多元文化中的環境倫理：自地中海盆地至澳洲內陸》（*Earth's Insights: A Multicultural Survey of Ecological Ethics from the Mediterranean Basin to the Australian Outback*, 1997）一書中，柯倍德以幾頁的篇幅介紹道教，強調當代環境倫理主義學者自中國古代智慧中汲取靈感的重要性，並重申中國的自然重視「審美」與「內在」，而西方哲學在本質上則偏向「邏輯」與「超越」的說法。除了這些廣受（來自西方與中國的）哲學史研究質疑的論點外，柯倍德更補充：「生態學與演化論在當代中國普遍受到歡迎（甚至更勝於西方國家）的原因在於，這些論述可以拿來傳達中國古代思想，並證明這種思想的正當性」（Callicott, 1997 : 67-78）。

一些本身就對二十至二十一世紀中國環境政策抱持批判態度的中國環保主義人士把

「古代中國」視為當代生態問題的出口，或是對那失落的天堂烏托邦式的投射[23]。然而，自中國環境史中就可以看出，中國古代的皇權從來就不是生態管理的榜樣，事實恰恰相反[24]。

這種博物館化的做法，以及將「西方」與「中國」二分的論點都有各自的支持者。一邊是渴望往他處尋求新方向、希望在中國對生態問題的思考中找到契機的西方知識分子，另一邊則是試圖追溯文化認同基礎的中國知識分子。這兩者站在相對的立場，選擇忽視當代中國的政治發展，彷彿幾個世紀來的歷史從未往前推進。

然而，這麼說並不代表中國沒有任何作家試圖跳脱框架來思考人類與自然的關係。許多二十世紀前的中國哲學和文學文本，對自然與人和萬物的自然秩序有豐富多彩的想法。正因這極端的多樣，「中國式」的自然觀才更難界定。中國傳統中有莊子對人類中心主義的懷疑、墨子的實用主義、荀子的人性與道德觀，或是佛教對生命的思考，這些學派都相差甚遠，儘管可以透過交互對照的方式串起各家思想，但要抽出一個單一的概念來説明人類與自然的關係實為難事，更遑論中國哲學思想的演變中，對於天和自然的概念並非一成不變了。

文學與生態批評領域中，對美國中心主義提出最多質疑的學者在面對這一議題時也沒有完全脫離美國中心，主要原因在於最初的生態研究多集中在美國文學。這些學術機構中的文學研究在國族傳統論述外，並未提出其他可能性，僅將它投射到其他地理區域，透過中國、日本或韓國的「傳統」來發聲。例如美國生態學者墨菲為了脫離美國中心的套路，就提出自唐詩或日本俳句中探尋中國或日本對自然一詞的認知基礎（Murphy, 2000 : 2）。

當生態批評的論點開始納入世界其他地區的觀點時，過去只正視美國作家文本的文學理論無論是正當性或普遍性都遭到了質疑。因此，在研究以中文寫作的臺灣作家吳明益時，會產生這樣的問題：使用當代生態批評的理論（這些理論經常是在中國與臺灣以外的地區發展的）來討論他作品中提及的生態議題，是合適的做法嗎？或者只能透過所謂的文明傳統概念或觀點才能理解他的作品？

對生態批評研究領域重要的學者史洛維克來說，中國文學只能放在中國文明的背景下來看，這種文明被稱為「生態文明」。或許並非刻意為之，但這一術語正好與中國當局使用的觀念不謀而合[25]。史洛維克曾多次造訪臺灣與中國，把生態批評的論述引介到華語世界，其中不乏對中國傳統思想的成見：

和世界上許多地區的人一樣，中國人在離自然很近的地方生活，對自然也有很深刻的關注（……）中國的獨特之處在於，哲學家和詩人在幾個世紀前表達的對環境的崇敬之情，直至二十一世紀的今日都還存在於人心之中。當我們談論到中國生態文明的崛起時，從某種意義而言，其實是再一次肯定中國的傳統價值，而非創造全新的概念、詞彙或思想。（Slovic, 2012）

而後，他也嘗試從莊子、詩人寒山和其他現代作家如魯迅、沈從文再到更當代的張偉等人的文學與哲學文本中勾勒出中國的生態觀。

吳明益在文學創作外，也曾撰寫三本以臺灣文學中的環境問題為主題的著作，他認為：

事實上，許多國外的生態學者，也特別推崇儒、道中所代表的「東方環境倫理觀」。但平心而論，這樣的觀點恐有「片面詮釋」的危險，刻意避開了中國文化中「不利自然」的一些思考（如父權體制、人定勝天的說法，以及歷代帝王破壞自然的建設方式）。（……）畢竟，中國的環境破壞，並不始於西方文化與科學傳入之後，而是由來已久的問題（林俊義，1999）。（《臺灣自然書寫的探索 1980-2002：以書寫解放自然 Book 1》，頁 124）

也提到：

此外，亦有學者將中國的哲學解釋為「天人合一」，據以說明西方對自然與人的關係是二元論（duality），即自然與人的對立及衝突；而東方（中國）對自然與人的關係是一元論（non-duality），即自然與人的統一及和諧。這也不免流於選擇性詮釋的說法。（同前，頁 129）

這一論點除了含蓄地呼應上段說明外，更重要的是展現出他對中國傳統文本毫無依戀的態度。儘管有時他也會從中取用一些想像、走獸或術語，但都僅止於「中國文學歷史」

的引用，換言之，他的書寫和跨國族與跨越歷史的中國文化間不存在有機的根，單純是自熟悉的語言書寫的文本和日常閱讀中信手拈來的內容而已。因此，我們必須提問的是：當代文學如何挪用／引用原本屬於中國傳統文本的元素？

例如劉克襄也會從中國經典文學中援引資料，做為臺灣最具代表性的自然書寫作家，他在某種程度上影響了吳明益的寫作。劉克襄的作品中會援引、挪用或改寫中國傳統的文本，利用它們的極端性、創意和歷史性來展現懷古情懷[26]。吳明益在運用中國古典文學中的素材時也和劉克襄一樣，比較接近片段的拼接（patchwork）。這種情況在他的第一本散文集《迷蝶誌》中特別常見。例如其中一篇〈迷蝶二〉以陳與郊的〈文姬入塞〉做為引言，內文亦提及《金瓶梅》的主角西門慶、張耒和謝靈運（〈迷蝶二〉，《迷蝶誌》，頁165-177）。然而，這些素材的運用和劉克襄相同，目的在於增添詩意，而非表現對任何一種「自然」觀的偏好，或是承繼某種文化傳統。

《迷蝶誌》、《蝶道》，甚至《複眼人》中那個神祕的角色都詰問過敘事者為何不以蝴蝶的角度看世界，這一脈絡與許來自莊周夢蝶的寓言。只不過蝴蝶在吳明益的作品中佔有十分可觀的份量，不大可能只來自單一脈絡。

周序樺在一篇以自然書寫為題的文章中提出吳明益的書寫蘊藏了中國道家的思想，與老子的思想做了一些比較。這麼對照或許有些勉強，但不可否認的是，我們的確可以在吳明益身上看到中國傳統文本的影子，只是這種實踐從未把中國和西方放在相對的立場上。

中國傳統文本在臺灣自然書寫的發展過程中本就不曾佔有舉足輕重的地位，到了吳明益身上更是輕描淡寫，如此看來，有必要淡化它的重要性，一如吳明益的看法：「中國古典文學對臺灣現代自然書寫的影響，不如西方博物學者與西方自然書寫者的作品」《臺灣自然書寫的探索 1980-2002：以書寫解放自然 Book 1》，頁 123）。

註釋

1 克魯岑認為人類世開始的年份為一八五〇年，但也有其他學者如格林沃德（Jacques Grinevald）或羅修斯（Claude Lorius）認為一七六九年瓦特發明蒸汽機便是人類世的起點。近年來有許多所謂「人類世轉折」的研究問世，法文研究最值得參考的應是 Bonneuil et Fressoz, 2013 和 Neyrat, 2016 兩篇。

2 （譯註）經濟學概念，指一個人的行為直接影響他人的福祉，卻沒有承擔相應的義務或獲得回報。

3 儘管切入點與討論的方向有異，布伊爾和史洛維克的觀點仍有許多相似之處（Buell, 2011；Slovic,2010）。關於生態批評發展的說明，也可參見 Heise, 2006 和 Garrard, 2004。

4 游勝冠（2009）、張錦忠和黃錦樹（2007）都討論過這一議題。

5 更多討論可參考 Gaffric, 2011、Pino et Rabut, 2011。以臺灣為背景的研究，也可閱讀 Corcuff, 2010。另外，高格孚為「臺灣研究」系列叢書撰寫的引言中談及該系列書籍的理論基礎與方法論，認為直到近年來「這座島……都被視為中國的替代品，往好的方向看，就是一個外來文化的博物館。這個外來文化即是它的強國鄰居，那個被視為參考點或啟發點的中國。」

6 本書論及的作品（學術論文除外）共有十三本，包含三本長篇小說、三本短篇小說集、四本散文集和三本學術專著。研究的範圍不包括吳明益在網路上的發言，例如他曾定期在臉書發布的短文或是抒發心情的短語。這些文字也許會對研究產生影響，正如其他網路言論——本質上很短暫——都在文學批評的論述中缺席。這種現象事實上是一種遺憾，正如部落格和微博對中國作家來說是非常重要的平臺，社群網路對臺灣作家來說也扮演了重要的角色，更遑論網路文學在對岸的蓬勃發展了。

7 （譯註）陳芳明譯為「人間性」。

8 讀者亦可參閱 Borges, 1993 : 491-497。

9 早在《複眼人》出版前十年，吳明益就讀過夏曼．藍波安的作品了。《迷蝶誌》（2000）中的〈十塊鳳蝶〉一文裡就曾引用他的文字。

10 以《家離水邊那麼近》為例，非小說的參考資料包含關於河川、湖泊、動物、歷史和原住民神話的中文研究，還有愛德華．艾比（Edward Abbey）、馬克．吐溫（Mark Twain）或瑞秋．卡森（Rachel Carson）等人的文章。小說的部分則列出梅爾維爾（Herman Melville）、楊．馬泰爾（Yann Martel）、普魯斯特（Marcel Proust）、村上春樹和沈從文。

11 《複眼人》中還有提到另一首英文歌〈The Road of the Rising Sun〉（頁 337），令人聯想到 Bob Dylan 在一九六二年改編的〈The House of the Rising Sun〉。

12 關於村上春樹對華文作家的影響，可參閱 Hillenbrand, 2009。

13 根據熱奈特的定義，轉敘有時也表現在人物的活動，「有時在小說中，有時則在小說家正在寫作或創造的空間中」（Genette, 2005 : 33-34）。

14 現實中吳明益的父母開的不是電器行，也不是西裝店，而是鞋店……

15 張瑞芬也曾說這本散文集是「科學與詩的交會」（張瑞芬，2009 : 32）。

16 吳明益經常在文章中提及這些作者對他的寫作的影響，例如《家離水邊那麼近》的後記，頁252-262。

17 詳見 Haraway, 2009：83-123。還有其他為數眾多對於社會生物學的批評值得提出，但這並不是本研究的主題。

18 或簡單譯為「親生命性」。

19 例如美國暢銷書《蟻丘之歌》（*Anthill*, 2010）。中文版序言也是由吳明益執筆。

20 例如《蝶道》中的〈當霧經過翠峰湖〉一文提及威爾森，《迷蝶誌》中的〈迷蝶二〉提及道金斯。

21 最後這一點有討論空間。我在二〇一三年時曾和吳明益私下針對社會生物學引發的論爭交換過意見。他對於威爾森在生物多樣性這一議題上發表的著作是否會遭到質疑一事抱持存疑的態度，對威爾森與生物多樣性相關的作品（至少後期作品）也保有正面的意見，同時也認為威爾森面對這些質疑，其實很有意識地在著作中用很大的篇幅立論。此外，他也提出生態中心的論述與納粹主義間混雜的關係，興許是藉此說明讀者解讀文本時可能產生的落差。無論如何，本書中的重點在於解析作家的文本，因此，在取用有爭議的作者時產生的矛盾也是不可忽略的環節。

22 李煥在一九八四年曾擔任中華民國的教育部部長，而後又先後擔任蔣經國時期的國民黨黨主席和李登輝執政時的行政院院長。

23 例如身為異議人士和環保主義者的戴晴就以老子為例，批評當代中國領導背離中國古代做法（戴晴，1989：3-4）。

24 關於這個議題，可以參閱伊懋可（Mark Elvin）的重要著作《大象的退卻：一部中國環境史》（*The Retreat of the Elephants: An Environmental History of China*, 2004）。

25 學者何重誼（Jean-Yves Heurtebise）和我曾針對「生態文明」一詞撰寫專文進行批判論述分析，文中提到這種「中國傳統思想」在政治與科學界中被視為環境危機的解藥。而這一概念事實上萌生於人與自然對立的二元論和西方科技主義（Gaffric et Heurtebise, 2013.）。此外，在另一篇文章中，我們也從莊子的思想出發，更深入地探討這一現象（Gaffric et Heurtebise, 2018）。

26 這種現象在劉克襄最早的幾篇散文中最為顯著，例如〈鷗之旅〉（1982）、〈海東青〉（1992）、〈鴛鴦〉（1992）。他在這些文章中嵌入詩畫和散文的閱讀，如杜甫、宋朝水墨畫、《本草綱目》的條目以至袁凱的作品，縱橫古代史冊與詩畫散文間，尋找黑尾鷗、紅嘴鷗和海東青的蹤影，創造出自然史與文學的抒情對話。

參考書目

- Auster Paul, The Book of Illusions（《幻影書》）, New York: Henry Holt and Company, 2002.
- Bonneuil Christophe et Fressoz Jean-Baptiste, l'Événement Anthropocène : la Terre, l'histoire et nous, Paris : Seuil, coll. Anthropocène, 2013.
- Buell, Lawrence, "Ecocriticism: Some Emerging Trends" , in Qui Parle: Critical Humanities and Social Sciences, n° 19, vol. 2, 2011, p. 87-115.
- Callicott John B., Earth's Insights – A Multicultural Survey of Ecological Ethics from the Mediterranean Basin to the Australian Outback, Berkeley: University of California Press, 1997.
- Chakrabarty Dipesh, "Postcolonial Studies and the Challenge of Climate Change" , New Literary History, n° 43, Vol.1, 2012.
- Chan Hing-ho, Liu Joyce Chi-hui, Peng Hsiao-yen, Pino Angel et Rabut Isabelle（ed.）, La littérature taïwanaise : État des recherches et réception à l'étranger, Paris: You Feng, 2011.
- Clark Timothy, "Nature, Post Nature" , in Louise Westling（ed.）, The Cambridge Companion to Literature and Environment, New York: Cambridge University Press, 2013, p. 75-89.
- Cohen Michael P., "Blues in the Green: Ecocriticism under Critique" , Environmental History, n° 9, Vol.1, 2004, p.

9-36.

- Corcuff Stéphane, « Étudier Taiwan. Ontologie d'un laboratoire-conservatoire », Études chinoises, n° 12, Hors-série, 2010, p. 235-257.
- Crutzen Paul J., "La géologie de l'humanité : l'Anthropocène" , Jacques Grinevald （tr.）, Écologie & politique, n° 34, Vol.1, 2007.
- Dai Qing, The River Dragon Has Come!, Armonk（NY）, M. E. Sharpe, 1989.
- Dawkins Richard（理查・道金斯）, The Selfish Gene（《自私的基因》）, London: Oxford, 2006（30th anniversary ed.）。
- Dawkins Richard（理查・道金斯）, Unweaving the Rainbow: Science, Delusion and the Appetite for Wonder, New York: Mariner, 2000.
- Deleuze Gilles et Guattari Félix, Kafka. Pour une littérature mineure, Paris : Minuit, 1989.
- Deleuze Gilles et Guattari Félix, Mille plateaux : Capitalisme et schizophrénie, Paris : Éditions de Minuit, 1980.
- Elvin, Mark, The Retreat of the Elephants: An Environmental History of China, Yale: Yale University Press, 2004.
- Estok Simon C., "Nation, National Ecopoetics, and Ecocriticism in the face of the US: Canada and Korea as Case Studies" , Comparative American Studies, n° 7, Vol.2, 2009, p. 85-97.
- Gaffric Gwennaël et Heurtebise Jean-Yves, « L'écologie, Confucius et la démocratie : critique de la rhétorique

chinoise de "civilisation écologique" », Écologie&Politique, n° 47, 2013, p. 51-61

- Gaffric Gwennaël et Heurtebise Jean-Yves, « Zhuangzi et l'Anthropocène : réflexions sur l'(auto）orientalisme vert», Essais, numéro spécial écologie et humanités, 2018.
- Genette Gérard, Palimpsestes : la littérature au second degré, Paris: Éditions du Seuil, 1982.
- Glissant Edouard, Introduction à une poétique du divers, Montreal, Presses de l'université de Montreal, 1995.
- Glotfelty Cheryll , "Introduction. Literary Studies in an Age of Environmental Crisis" , p.xx; Howarth William, "Some principles of Ecocriticism" , in The Ecocriticism Reader: Landmarks in Literary Ecology, 1996, p. 81.
- Guattari Félix, Chaosmose, Paris : Galilée, 1992.
- Guha Ramachandra et Martinez-Alier Juan, Varieties of Environmentalism: Essays North and South, London: Earthscan, 1997.
- Haraway Donna, Simians, Cyborgs and Women: The Reinvention of Nature, London: Routledge, 1990（1st ed.）.
- Heise Ursula K., Sense of Place and Sense of Planet: The Environmental Imagination of the Global, New York: Oxford University Press, 2008.
- Hillenbrand Margaret, "Murakami Haruki in Greater China: Creative Responses and the Quest for Cosmopolitanism" , Journal of Asian Studies, no 68, vol. 3, 2009, p. 715-747.

- Latour Bruno, Nous n'avons jamais été modernes, Paris : La Découverte, 1997.
- Lee Gregory B., "Tomorrow's Humanities ? " , Occasion: Interdiscplinary Studies in the Humanities, n° 6, 2013.
- Morton Timothy, "Ecology without the Present" , The Oxford Literary Review, n° 34, Vol.2, 2012.
- Murphy Patrick D., Farther Afield in the Study of Nature-Oriented Literature, Charlottesville: University of Virginia Press, 2000.
- Neyrat, Frédéric, la Part inconstructible de la Terre : Critique du géo-constructivisme, Paris : Éditions du Seuil, coll. Anthropocène, 2016.
- Perse Saint-John, "Chant pour un équinoxe" , in Œuvres complètes, Paris : Gallimard, Bibliothèque de la Pléiade, 1972.
- Said Edward W., The World, the Text and the Critic, Massachusetts: Harvard University Press, 1983.
- Slovic Scott, "Landmarks in Chinese Ecocriticism and Environmental Literature: The Emergence of a New Ecological Civilization" , Social Sciences in China Press, 2012.
- Slovic Scott, "The Third Wave of Ecocriticism: North American Reflections on the Current Phase of the Discipline" , Ecozon@, n° 1, Vol.1, 2010, p. 4-10.
- Thornber Karen L., Ecoambiguity: Environmental Crises and East Asian Literatures, Michigan: University of Michigan Press, 2012.

- Borges Jorge Luis（波赫士）, « La Bibliothèque de Babel »（〈巴別塔圖書館〉）, in Œuvres complètes I, Paris : Gallimard, 1993.
- Agamben Giorgio（阿岡本）, Qu'est-ce que le contemporain ?, Maxime Rovere（tr.）, Paris : Payot&Rivages, 2008.
- 黃逸民（Huang, Peter I-min）, "Ecocriticism in Taiwan" ,Ecozon@, n° 1, vol. 1, 2010, p. 185-188.
- 陳思和（Chen Sihe）, « Quelques réflexions sur les relations littéraires sino-occidentales au XXe siècle », Zhang Yinde（tr.）, Revue de littérature comparée, n° 337, 2011, p.25-29.
- 吳明益，〈從物活到活物——以書寫還自然之魅〉，載於陳明柔（主編），《台灣的自然書寫》（臺中：晨星，2006），頁 65-73。
- 吳明益，《天橋上的魔術師》（臺北：夏日出版，2011）。
- 吳明益，《家離水邊那麼近》（臺北：二魚文化，2007）。
- 吳明益，《浮光》（臺北：新經典文化，2014）。
- 吳明益，《迷蝶誌》（臺北：夏日出版，2000 初版）。
- 吳明益，《單車失竊記》（臺北：麥田，2015）。
- 吳明益，《睡眠的航線》（臺北：二魚文化，2007）。

- 吳明益，《臺灣自然書寫的探索 1980-2002：以書寫解放自然 Book 1》（臺北：夏日出版，2011）。
- 吳明益，《蝶道》（臺北：二魚文化，2003）。
- 吳明益，《複眼人》（臺北：夏日出版，2011 初版）。
- 李煥，〈序．熱愛廣土眾民〉，載於馬以工、韓韓，《我們只有一個地球》（臺北：九歌，1983），頁 4。
- 夏曼．藍波安，《老海人》（臺北：印刻，2009）。
- 孫燕華，《当代生态问题的文学思考：台湾自然写作研究》（上海：復旦大學，2009）。
- 馬以工、韓韓，《我們只有一個地球》（臺北：九歌，1983）。
- 張瑞芬，〈在水之湄——吳明益《家離水邊那麼近》〉，載於《鳶尾盛開——文學評論與作家印象》（臺北：聯合文學，2009），頁 30-34。
- 游勝冠，《臺灣文學本土論的興起與發展》（臺北：群學，2009）。
- 黃錦樹、張錦忠（編），《重寫臺灣文學史》（臺北：麥田，2007）。
- 關首奇（Gaffric Gwennaël），〈台灣文學在法國的現狀〉，《文史台灣學報》n° 3，2011，頁 131-164。
- 藍建春，〈舞出幽微天啟——談吳明益的蝴蝶書寫〉，載於陳明柔（主編），《台灣的自然書寫》（臺中：晨星，2006），頁 75-102。

第一章

自然 Natures

臺灣文學中的自然、浪漫主義與環境主義

「自然保育」一向是政治與社會生態學者的共同意識，儘管今日多數學者都認同這一概念並非環境相關問題唯一的討論範疇，但「自然」長久以來都是生態議題的核心之一卻是不可否認的事實，因此，用「自然書寫」來指涉這一類的文本似乎也情有可原。值得注意的是，各領域專家（哲學家、作家、科學家、政治家、媒體人）對「自然」（nature）的定義彷彿簽了共同協定般一致，將自然視為一個既有的事實、一個合理且不容質疑的存在。然而，一如盧卡奇（Georg Lukács）在一九二三年時所說：「自然是社會的一個範疇。換句話說，在社會演化的某個步驟中，所有被視為『自然』的事物都是由社會定義的，包括自然和人類間的關係，以及人與自然的對立」（Stenzel, 1981 : 29 中引用）。

簡言之，自然的範疇甚廣，所有不是人類或未經文化薰陶的都可含括在內（如非人類的生物、物理環境、氣候現象）。然而，這種看似包容的定義事實上也假定了「人類」與「文化」的區別。女性主義哲學家素珀（Kate Soper）便曾指出：「自然的定義實際上有其形上基礎，人類藉此思考自身的差異與特殊性」（Soper, 1986）。

之後我們將會在吳明益的書寫中發現，僅僅探討當代的生態問題就能破除自然「排他」的特性。在談論沒有自然的生態學（或可說是將這個術語隱含的排他性排除後的生態學）前，我要先介紹在吳明益之前出現的臺灣作家和作品。自「荒野」文學、田園牧歌式的寫作，以至臺灣自然書寫與報導文學的先鋒，這些著作都將「自然」視為他們敘事結構的核心。以下介紹當代臺灣文學中以環境為題的書寫，雖無法詳盡，亦能藉由類型書寫的發展刺探自然對意識型態與社會的影響。

報導文學

臺灣最早的生態議題寫作嘗試可追溯至一九七〇年代末和一九八〇年代初的報導文學，這是一種介於散文與新新聞（new journalism）之間的文類。隨著這些帶有行動主義思想的著作見世，幾個即將成為關鍵人物的名字也出現在知識界中，包括歷史學家胡臺麗和攝影師關曉榮，兩人都致力於為臺灣原住民的權利發聲。一九七五年，高信疆在《中國時報》的藝文版面《人間副刊》中為報導文學開闢「現實的邊緣」專欄，這一批創作者的作品通常在此專欄發表。

自一九八〇年代初起，《人間副刊》專欄中以生態議題為軸的書寫逐漸增多，包括在緒論中提到的馬以工、韓韓，還有後來的心岱。他們的作品對臺灣文壇產生了一定的影響，心岱更以〈大地反撲〉和〈美麗新世界〉兩篇文章一連拿下了第三、第四兩屆的中國時報報導文學首獎。前者寫林口發電廠對海岸環境的破壞，後者延續對環保議題的關注，寫恆春半島經歷的環境災難。然而，這一類著作中最為經典也最受矚目的仍是馬以工和韓韓的作品《我們只有一個地球》。這本書多次再版，經常被論者視為揭開臺灣環境議題報導文學序幕的作品，兩位作者以文學性的筆法敘述在淡水和關渡一年間對植物和動物的觀察。儘管後來的評論者提出馬以工、韓韓或心岱的作品缺乏生態科學的知識與社會對環境問題的關懷[27]，但他們的書寫反應出的「自然」概念卻是值得關注的：

> 大地是沉默的、包容的，它承受所有人類文明的重擔，提供我們一切的需求，如果我們覺得征服了自然，同時也毀壞了自然，大地總有反撲的一天，它會將憤怒留下一些痕跡，迫使人類退縮。（心岱，1983：17）

只有人類對大自然最原始的感覺才能避開現代化這個迷思所產生的「開發」、「發展」、「成長」、「生產毛額」。（韓韓，1993：267）

這三人的書寫相互呼應，把自然塑造成童話般神聖的存在，既是壯美、強大的，卻又同時充滿復仇心態與憐憫之心。這段敘述中，自然是與文明完全相對的概念，後者被指為扭曲人類原始狀態的凶手，而自然則為神聖之境，以自覺的意識確保對人類的反撲[28]。

旅遊文學與荒野文學

徐仁修曾寫道，他的書寫要「提醒離大自然越來越遠的人們歸真反璞，並重新與大自然和諧相處」（徐仁修，2000：267）。這一註解是對人類疏離的大自然最有力的讚揚。

徐仁修原以旅遊文學的書寫為主，海外探險系列中記錄了他在世界各地，特別是南美洲的觀察。除了記錄「荒野」的探險過程外，徐仁修在攝影散文集如《自自然然》（1993）

和《赤道無風》（2000）等作品中強調自然的內在美感，極力譴責任何嘗試接近或改變其「原始狀態」的人類行為[29]。這樣的立場牽引出他甚為極端的言論，認為「砍倒一棵大樹，他的罪刑遠大於砍殺一個人」（徐仁修，2002 : 47），一棵樹、一叢花「按照人的意思安排，以致扭曲成了怪物」（徐仁修，1995 : 67），而且「越文明，人類變得越貪婪無情，離理想國也越遠」（徐仁修，2000 : 173）。

除了文字外，徐仁修也將責任感化為行動，創立荒野保護協會，致力於保護臺灣環境與動植物。一如協會英文名稱所示，wilderness 即荒野，法文中經常以 nature sauvage、naturalité 或 sauvagerie 等詞彙表示，可見其意義的多元，以及它承載的文化和歷史（Arnould et Glon, 2006 : 228）。荒野的概念與歐洲殖民者在北美處女地的情感緊密相關，那些「文明之外」人煙稀少的空間讓人聯想到「原始野人」的神話，無論文化或發展在本質上都更接近自然。荒野對早期在北美殖民地的歐洲人而言，代表著待馴化的異教處女地，一個可以合法建立新國家的地區。而後這個概念逐漸轉為民族自傲的象徵，最終在二十世紀後半葉成為環境運動的口號，為一九六四年由荒野保護協會成員霍華德．日尼瑟（Howard Zahniser）推動的聯邦法案《荒野法》鋪路，在此法案的定義下，「荒野是一片土地和生命群落都不受人類干擾束縛的區域；在那裡，人類只是過客，不會停留。」30

這樣的荒野汲取了歐洲的浪漫主義思想，在徐仁修的作品中體現出來，與其說源自中國的傳統美學，西方以自然為主要導向的環境運動影響更為顯著。浪漫主義論者特別強調自然的重要性與靈性，認為自然不只是指涉一地，而是一種精神力量。對浪漫主義文學而言，歌頌自然是一種形而上的思想練習。從雨果（Victor Hugo）到佛列德利赫（Caspar Friedrich），浪漫主義作家在描寫自然時傳達的是「崇高」的概念，藉由激發不同的情感（恐懼、敬畏、興奮）將感受自然全能的經驗傳達到靈魂深處（Le Scanff, 2007）。由此也延伸出浪漫主義對自然的第二層定義，認為自然是有意志的，如同心岱所說的大地反撲。自然不僅是表達人類情感的媒介而已，本身就帶有「感受的能力」，展現的不只是物質生命，還有心理層面的感知，易言之，自然是受主觀的感受支配與引導的。

在馬以工、韓韓、心岱、徐仁修以及包括吳明益在內的其他臺灣自然書寫作家筆下，自然景物都曾做為情思投射的對象。例如，對徐仁修來說，荒野是純潔、仁慈且和平的，是人類回歸自然最後的救贖與溯源之路。美國詩人史耐德（Gary Snyder）也呼籲「回歸」荒野，認為「荒野是能充分展現野性潛能（wild potential）之處」（Snyder, 1990：12）。

而對王家祥來說，荒野更是生命之源與心靈明淨之鄉：

> 不只一次在荒野中感動，頓悟道理。我在荒野中尋求生命與想像以及心靈明淨。（……）荒野讓我回到一種原始狀態，生命的意義在此變得非常簡易，似乎只是有無、存在與不存在的體認。（王家祥，1990：68、74）

延續此觀點，自然的壯麗與對自然的體驗趨使人類回望自身，原始的自然和異化的文明之間也因此出現斷層。浪漫主義的主要動機在於療癒這個漸趨腐敗的世界，建立起和諧的秩序，是一種回歸人類原始道德的想望。因此，浪漫主義的藝術家透過各種形式呼喚人類內心最自然的情感，展現出整頓世界的野心。而浪漫主義文學在歐洲興起的時間，又正好趕上了文學成為重整世界秩序與抵抗現實主力的潮流，詩人們便自勉應為失去原始狀態的自然「復仇」，浪漫主義的美學就此轉而成為社會運動的力量，這些人也進而投身推動國家公園與自然保護區（例如創立塞拉山友會〔Sierra Club〕[31]的著名詩人約翰．繆爾〔John Muir〕就曾參與優勝美地國家公園的建立）回看臺灣，馬以工也曾在一九八一年和一九八六年參與了墾丁和陽明山兩座國家公園的建立。此外，還有劉克襄在一九八六年協助建立關渡自然保留區、王家祥在一九九二年促進柴山自然公園的成立，都是受到同樣的動力趨使。文學追求的不再只是詩意，而是具創造性（poietics），一種轉化與延續世界的行動）。無論是臺灣或世界其他地區，在現代的自然書寫與環境運動中都可以找到這一特色。

田園文學

田園文學（或稱之為牧歌式文學）也是臺灣早期以特殊方式展現自然關懷的書寫形式之一，代表作家包含陳冠學和孟東籬[32]。這一類作品與浪漫主義的內在情感關係密切，他們尋求返樸歸真、頌揚田園生活、展現地方色彩，對原始自然的歌頌也與徐仁修的自然崇拜不同。田園文學中的農村體現的是和自然完全和諧的狀態。

臺灣的田園文學中，評價最高的莫過於陳冠學的《田園之秋》（1983）[33]。這本書中是作者回到故鄉屏東新埤一個秋季間的日記體生活實錄。書中充滿了他對田園景致和農村生活的描寫，也展現了他的哲學與政治思考。陳冠學尊崇儒勒·何納（Jules Renard）與陶淵明[34]，自稱師法孔子與莊子，更稱孔子「是一切大人物中最最偉大的一位」（陳冠學，1983: 40, 108, 117, 159, 286, 316）。他對任何政權統治都抱有極大的反感，文字間反覆譴責都市文明對自然環境造成的破壞，唯有「農人是野地生物之一」（吳明益，2011b: 76）。《田園之秋》共分為三冊（《初秋》、《仲秋》和《晚秋》），每年出版一冊，至一九八五年出齊。陳冠學以田園牧歌式的情懷將農村的簡樸和對環境倫理的思考結合起來，流露出對舊世界裡農人重視自然規律、四時有序的生活的嚮往。在他的眼中，農人和周圍環境的關係是和諧、自覺而原始的：

> 因有一顆純樸的心，（農人）纔能日出而作，日入而息，鑿井而飲，耕田而食，含哺而熙，鼓腹而遊，而不奢求、不貪欲，過去無所不足、勞力而不勞心的安祥生活，而和田園打成一片。（陳冠學，1983: 16）

陳冠學師從提倡「本質倫理學」的新儒學家代表人物牟宗三先生，作品中的田園意象也承繼了中國古典文學傳統（Cheng, 2007）。此外，他也力抗來自西方社會的影響，視其為破壞自然和諧的罪魁禍首，在多部作品中都表達了對達爾文式「進化神話」的質疑，同時讚揚造物主的智慧。而後，他又出版《進化神話——駁達爾文物種起源》（1999）一書，根據達爾文《物種起源》言論受質疑處加以辯駁，這種反科學的態度經常被視為反西方的同義詞。對達爾文論述的批評必須放在他對現代與都市文明的強烈反感上來看，因此排斥環境破壞、資本主義，甚至更廣泛的「電力」和「政治體制」（同上，頁90）。在他的無政府烏托邦裡，人口過剩是最大的問題，認為老子主張的小國寡民是「透徹的智慧」（陳冠學，1983 : 39）。

面對人類（都市）加諸於地球的暴力破壞，孟東籬的撻伐更猛烈。他的作品中亦可見中國哲學的痕跡，例如《道法自然：老子的生態觀》（2011）一書，以及田園文學的作品《濱海茅屋札記》（1985）和《素面相見》（1986）。

《素面相見》一書中，孟東籬表達了對臺北的汙染（除了環境汙染外，也有美感與聲音的汙染）以及西化、奢侈品、性和出生率過高等構成都市文明要素的不滿（孟東籬，1986 : 64, 152）……此外，因為對於城市文明和國家政府的控訴，他甚至贊同馬爾薩斯（Thomas Robert Malthus）的觀點，認為戰爭是抑制地球人口成長的自然手段。

二十世紀的臺灣田園文學作家光譜中，當然也需包含區紀復。他在《鹽寮淨土》（1995）中闡述了原本身為台塑員工的自己如何移居花蓮鹽寮，為實踐理想、找尋未遭文明腐蝕的真切人性，而在無水、無電、自種果菜的簡樸村莊中過著隱士般生活：

> 自然是人類文明出現之前地球的狀態，人也是自然的一部分。後來，人類才創造出文明來，地球上自從有了人類就開始文明的歷史。
>
> 回歸就是回頭，由不自然歸向自然。（……）
>
> （……）簡樸生活是回歸自然必經之路。（區紀復，1995：150-151, 153）

從自然文學到生態批評

定義新文類：自然書寫

美國生態批評學者布伊爾定義自然書寫為「一種非虛構的文類，提供關於世界的科學考察（……）探索個別觀察者對世界的經驗，亦反映人類與地球關係的政治和哲學意涵（Buell, 2005：144）。」簡言之，自然書寫就是透過寫作改變大眾對環境的認知。這一混搭式的文類通常結合了自然史、遊記、地域考察以及自傳和哲學思考等元素，建構出一個較不模糊的「自然」概念。吳明益在「界義」自然書寫時，便特別關注這種相互關涉的特點。對他而言，自然書寫是多種文類的對話，包含人文（文學、哲學、史學）和硬科學（生物學、生態學、昆蟲學……）在內，集合了不同範疇的思考。而這種自然書寫展現了環境意識，換句話說，無法獨立於生態、政治、社會和經濟之外（《臺灣自然書寫的探索1980-2002：以書寫解放自然 Book 1》，頁 17-60）。

鄭明娳曾言「散文常處身於一種殘留的文類，即把具備完整要件的文類剔除以後，剩餘下來的文學作品總稱[35]」（鄭明娳，2003：489），正是這種特殊的文類讓臺灣作家和北美的自然書寫脈絡產生連結。

一如其他文學類型，北美和臺灣的自然書寫都是在作者和文本成為經典後才堪稱一種獨立的文類。然而，由於難以劃定界線，一般文學選集與研究著作傾向以主題而非風格來界定自然書寫[36]。布伊爾整理出四個共同的主題特徵：一、非人類的環境不只是人類經驗的背景框架而已，人類的歷史應與自然史相互交疊。二、人類的利益不應是唯一的合法利益。三、人類對環境的責任是文本倫理的參考要素之一。四、自然書寫的文字不應將自然視為恆定之物（Buell, 1995 : 7-8）。

美國自然書寫的原則

劉克襄回溯自己逐步成為「自然書寫作家」的過程，認為譯介史耐德與卡森（Rachel Carson）女士的作品為關鍵階段（劉克襄，2006 : 13-18）。一九八〇年代至一九九〇年代間，興於美國的環境主義論述進入科學界之際，正巧趕上文藝界人士（譯者、編輯、作家等）對環境議題的興趣日漸增長，藉著自然相關書寫表達這一情懷。事實上，最早被臺灣自然書寫作家視為典範著作的《湖濱散記》（*Walden or Life in the Woods*, 1854）和《寂靜的春天》（*Silent Spring*, 1962）都早在一九六五和一九七〇年就有中文譯本，但卻要到一九八〇年代才真正受到文學界的關注，進而帶動了一系列經典作品的翻譯。在大樹文化和晨星出版社自然公園系列的推動下，李奧波、安妮．迪勒（Annie Dillard）和黛安．艾克曼的作品陸續登島。玉山社也因出版拓拔斯．塔瑪匹瑪和霍斯陸曼．伐伐的著作，而成為推動原住民華語文學的推手。

與其說美國的自然書寫影響臺灣作家的創作，不如說是臺灣作家重新詮釋，把這些典範放到自己的環境中，重構出臺灣的自然書寫。這些作家經常把閱讀經典作品做為書寫活動的開端，與之進行互文本的對話，一如吳明益所言：

> 臺灣當代自然書寫者的前行者，皆在某種程度上，不但閱讀西方自然書寫者的作品，且常藉其書中的經驗來建構自己的倫理觀，或思考對本地社會的對應模式。（《臺灣自然書寫的探索 1980-2002：以書寫解放自然 Book 1》，頁 248）

臺灣書寫自然的歷史或可從劉克襄說起。二十世紀初，來自西方與日本的博物學家探查臺灣，寫下許多觀察文字，這些對島嶼民族歷史的紀錄在一九九〇年代受到關注，吸引許多人投入翻譯與整理的工作，除此之外，還有明、清時期[37]的中國旅人留下的地方誌，以及日治時期日本人類學家對殖民地的研究，這些前人的成就都成為劉克襄的資源，協助他追蹤臺灣島嶼的環境歷史。

自然書寫做為一種文類在臺灣成型與發展的過程，正可做為不同地區的文學宛如不息的涓流穿梭交會的證據。但這一概念卻與學者梅比（Richard Mabey）在《牛津自然書寫選集》（*The Oxford Book of Nature Writing*, 1995）中說明該選集沒有「非西方」作品的原因是東方自然書寫「傳統迥異於西方，應自成一集」的說法恰好相反。將西方與東方的概念和兩個世界的文學完全分離的論點事實上很難站得住腳，無論是從美國自然書寫的歷史（史耐德、愛德華．艾比或是露絲．尾関〔Ruth Ozeki〕都喜讀莊子和佛教禪道）或從臺灣的自然書寫發展來看，文學之河都在各地穿梭匯流。

劉克襄一般被視為臺灣自然書寫的先鋒之一，也是把這一文類的創作範疇推得最遠最廣的作家。從詩、散文、旅行札記、歷史探討、導覽、兒童繪本，甚至是動物小說，劉克襄從未停止探索如何用新的書寫模式思考人類與生存環境的關係。他在一九七〇年代末以本名劉資愧出版了第一本詩集。由於長年深入原住民居住區觀察，早期的文字帶有較多社會關懷。自最早的詩作起，劉克襄就流露出對自然環境與鳥類的關切，對於鳥類的興趣是服役於海軍時，以及退伍後參與候鳥觀察培養出來的（劉克襄，2003：13 及 2009：38-45）。一九八二年，劉克襄出版第一本自然書寫散文集《旅次札記》，內容充滿對「自然」的省思，更特別著墨於鳥類如濱鷸、黑尾鷗、大杓鷸、小辮鴴、小環頸鴴、燕鷗、東方環頸鴴、伯勞或信天翁。鳥類棲地和候鳥遷徙帶出的生態環境問題一直是他探討的議題核心，例如〈最後的黑面舞者〉（1992）中，便以瀕危的黑面琵鷺為觀察對象。全世界約有一半的黑面琵鷺（約千隻）會在臺灣過冬，劉克襄深知琵鷺遷徙的難處，以文字譴責政府準備在臺灣西岸離臺江沼澤、曾文溪埔、竹滬鹽田不遠處設置兩座工業園區。二〇〇二年，也就是這篇為黑面琵鷺棲地保育請命的文章刊出十年後，七股區在環保人士和當地居民的努力下總算成為保育區。劉克襄實際參與黑面琵鷺保育工作的程度雖然難以評估，但正如魏美莉給予的評價，一九九二年十二月他在《中國時報．人間副刊》上刊登〈最後的黑面舞者〉為此議題敲響警鐘，對當地的環保團體產生了極大的影響（魏美莉，2000：21）。

儘管因為鳥類觀察而獲得「鳥人」的稱號，劉克襄對臺灣其他環境問題的關注也不在少數。他的書寫模式十分多樣，從帶有文學性筆觸的文章、科學思考、生物描述、歷史探究、兒時回憶到旅行紀錄都有。然而，他早期的書寫多以孤獨的旅行者自居，逃離城市的他，甚至刻意藏起造訪的地點，深怕讀者心態偏差，讓他原本的美意成了破壞環境的幫凶（《臺灣自然書寫的作家論 1980-2002：以書寫解放自然 Book 2》，頁 127-164）。

自《消失中的亞熱帶》（1986）起，劉克襄展現了另一種企圖心：尋找並分享「X點」。X點的概念來自亨利．貝思頓（Henry Beston）《最遠的家屋》（*The Outermost House*, 1928）中「生物交會活動頻繁的地區」（劉克襄，1985：54），劉克襄藉此強調臺灣的生態空間在候鳥遷徙路徑中扮演的重要角色，以及地方的生態保育對全球物種保育的重要性。為此，他以鷸科鳥類為例，認為牠們是「全球的自然環境指標」（劉克襄，1986：86）[38]。

劉克襄筆下充滿詩意的文字並不只限他對自然的觀察而已，更承載了他尋找生物交會之地的心願。我們在他對紅樹林的觀察中，最能看見符合這種象徵交會空間地點的描述。對此，他自己也表示這些自然觀察都是為了尋找這樣的「銜接點」而進行的（劉克襄，1985：20-21）。

創作之始，劉克襄自過去中國的文學與歷史記載中汲取養分，補足了臺灣在這一文類上的匱乏，然而，這樣的書寫模式自一九九〇年代起出現了支流。臺灣面臨的環境問題讓他無法耽溺於中國傳統文本的情境，開始正視島嶼的歷史（劉克襄，2006：13）。因此，他參考了二十世紀初造訪臺灣的探險家和鳥類學家如史溫侯（Robert Swinhoe）或拉圖許（John David Digues La Touche）等人的紀錄，這一轉向不僅改變了他和文字的關係，也改變了他和居住地的關係，因此發現「另一個臺灣，一個我不曾相識卻熟悉的家鄉」（劉克襄，2004：3）。

但他的嘗試並未止於歷史散文。一九九五年出版的《小綠山元歌》系列記錄了他在臺北近郊一座小山頭上觀察到的當地生態。在這新穎的嘗試中，劉克襄強調的是自然無所不在的概念，如《野狗之丘》（2007）中提到的，即使是身在城市中的人，也不需要到深山野嶺裡才能了解他們的環境生態。此外，他更重視兒童環境教育的重要性，如《快樂綠背包》（1998）和《綠色童年》（2000）等書都是為了兒童而寫。

劉克襄對「自然」空間的定義也隨著他的書寫而變動，後來的他對於主張「回歸自然」的作者頗有微詞，認為這種做法曝露了他們對環境的現實過於膚淺的理解（劉克襄，1986：133-144）。魏貽君在〈自然何方？劉克襄的「自然」空間試探〉一文中也表示劉克襄多年來從臺灣歷史與居住環境的角度表現他對自然環境的社會關懷（魏貽君，2006：19-36）[39]。

《永遠的信天翁》（2008）集劉克襄的寫作精華於一書。他在此書中結合了對環境的關懷、旅行札記，以及科學與歷史的資料，進一步探討了福爾摩沙群島上的候鳥歷史。小說中，做為敘事者的臺灣男子因緣際會得到協助一位來自日本的短尾信天翁專家的機會，隨行至太平洋上自一九五四年起便成為鳥類保育區的鳥島工作六個月。故事圍繞著兩人尋找名為大腳的信天翁足跡展開，敘事者也因此接觸到關於這種鳥類過去在臺灣生活的資料，開始思考他們面對的當地和全球環境問題與應對方法。儘管書寫的品質不甚穩定，劉克襄涉及的主題與書寫模式之廣卻值得在臺灣文壇中佔有一席之地，而他對吳明益早期散文的影響也是顯而易見的[40]。此外，也必須特別指出，他對群島歷史的整理也標誌了臺灣的書寫的轉折點。

王家祥

王家祥在臺灣自然書寫史中也佔有重要的地位。與劉克襄相同，他的作品中也結合了文學、歷史、科學和哲學等領域，但最大的差異在於，王家祥在寫作時加入了人類學的觀察、臺灣南島語民族的歷史和佛教禪思。

曾就讀中興大學森林系的他，由於體悟系所的課程安排「仍是以『經濟效益』的研究路向為主」（王文仁，2006：405），因此中斷學業，走入荒野之中。與劉克襄相同，王家祥的自然書寫也始於候鳥的觀察。一九八六年，他和心岱一樣參與了《中國時報．人間副刊》的專題報導，一九九〇年代更積極加入臺灣南部幾個環境保護運動，其中最為人知的便是柴山公園的建構。除了散文外，他也創作歷史素材小説，述說了不同時期的島嶼歷史，這些作品包括《倒風內海》（1997a）、《關於拉馬達仙仙與拉荷阿雷》（1996）和二〇〇二年的《魔神仔》。然而近幾年王家祥已停止寫作，在臺東都蘭經營民宿。

王家祥早期的著作帶有浪漫主義的色彩，將荒野視為完美的純淨之地，能洗滌誤入文明歧途的心靈。這一特質即是《文明荒野》（1990）的核心。該書中的荒野與其說是空間，不如說是靈性的感悟，認為「荒野得繼續留存在人類的文明演進中」（王家祥，1990：81）。對他而言「平凡無奇的任何一處沼澤、濕地、樹林皆需思考其存在的價值」（王家祥，1990：81-82），做為完整的生態系統，無論棲地的大小，在重新評估其內在價值時，除了考量人類自身的利益外，更應正視棲地內生物的權利。換句話說，人類有保護生態環境的責任。正如劉克襄重視的不只是瀕危的鳥類（黑面琵鷺、燕鷗或杓鷸），喚起王家祥為自然發聲的還有生物棲地的保育，《四季的聲音》（1997b）就是他對世人的苦口婆心。為此，他開始重視在地歷史對生態的影響，例如日治時期至今，人類在茂林的各種活動導致當地淡黃蝶逐漸消失。

從《自然禱告者》（1992）起，王家祥的書寫方向再度轉變，強調先驗神祕的力量，行文間也加入了靈性哲思，對原住民的文化習俗與故事充滿興趣，一如吳明益所言：「他認為原住民的文化能感激土地，是一群自然禱告者（《臺灣自然書寫的作家論 1980-2002：以書寫解放自然 Book 2》，頁 304）。」在〈冬日的聲音〉中，王家祥甚至展現了對達悟族「社會主義」的欽仰，認為他們最明白蘭嶼生態的脆弱，自然對資源心生敬意。

他在《自然禱告者》中多次表達向原住民學習的意願，藉此幫助重建「一種藉助人力恢復的荒野」（王家祥，1992：131）。這種回歸原始的想望也出現在他的小說當中，其中最顯著的莫過於《小矮人之謎》（1999）和《魔神仔》二書，藉人類學和神、道的途徑探尋矮人撒都索之原[41]，並帶出一段較為尊重自然的臺灣歷史。

《魔神仔》中身為人類學家的主人翁推測這些名為撒都索的小矮人是在文明不斷衝擊之下才消失的，一般人視他們為深居洞穴或森林之中的魔神仔事實上是錯誤的想法。王家祥小說中的主人翁找到了這些潛伏於洞穴裡的人，發現他們可以在幾秒內移動到其他族人生活的菲律賓，最後更決定留在矮人的世界裡[42]。王家祥透過神祕、奇幻的撒都索佚事、原住民社會主義與宗教的實踐，或者最早深入島上高山的日本殖民者，把這般浪漫的想像深植在所有的歷史素材小說中。這種以靈性與宗教的形式描繪生態倫理與美學新樣貌的嘗試，與美國一九六〇年代起的生態倫理辯證不謀而合（White, 1967：1206-1207）。

王家祥因此把生態主義和佛教精神結合起來，稱環境保護者為「一群生錯時代的『現代辟支佛』，尋覓一個得以靜坐冥想之處」（王家祥，1997b：47）。也因此，唯有在「荒野」之中，他才能安頓身心、抒發靈性感悟。

神並不是在遙遠天堂或高高在上的某一個人，神是一棵樹，一隻蟲，一片月光，一條小溪，一處好空氣，這整個互相依賴便是神或道。（王家祥，1997b: 46）

與著重科學和歷史資料的劉克襄相比，王家祥的書寫帶有較多的神祕色彩。對他來說，荒野是人類與非人類間和諧關係內在基礎，雖然看似以近乎膜拜之姿奉行神聖原始主義，但他真正大聲疾呼的並不完全是自然的消逝，而是這一宗教意義上的荒野走向幻滅。也許，直言吳明益的作品承接了這兩種道路是過於取巧的說法，但無可否認的是，他的確從中獲得了許多養分。

註釋

27 《臺灣自然書寫的探索 1980-2002：以書寫解放自然 Book 1》，頁 41-52。陳映真，1996。

28 西方學界的論述經常把地球擬人化，視為一個有能力反撲、復仇的有機體。一九七九年提出著名的蓋婭假說（假定地球是一個有生命的實體，地球上的地質和各種生命形式會不斷演化，確保氣候與環境有利於生命延續）的生物化學家洛夫洛克（James E. Lovelock）在二〇〇六年出版《蓋婭的復仇：地球為何反撲，我們還能如何拯救人類》（*The Revenge of Gaia: Why the Earth is Fighting Back – And How we Can Still Save Humanity*）一書，書中表達他對氣候暖化與繼之而來的反撲的憂心。

29 徐仁修在《自自然然》一書中說道，人類出現在自然環境後，「破壞也就注定了」（徐仁修，1993a：65）。

30 「地球優先！」（Earth First!）運動的倡導人弗爾曼（Dave Foreman）認為應禁止人類踏足地球絕大多數地區（Foreman, 1986 : 42-45）。

31 （譯註）這個山友會的中譯名眾多，包括山巒俱樂部、山巒協會、塞拉山俱樂部、山嶽協會、高山協會、亞爾拉山友會等。

32 更多討論可參閱吳明益《臺灣自然書寫的作家論 1980-2002：以書寫解放自然 Book 2》，頁 61-125。

33 這本書在臺灣獲得很多迴響，更於一九八五年獲得吳三連文藝獎。法文版可參考 Marchand, 2009, 146-148.

34 詩人與評論家唐捐指《田園之秋》為當代的〈桃花源記〉（唐捐，1999）。

35 關於散文的探討，也可參考法文資料 Rabut, 1991。

36 臺灣第一本自然書寫選集便是吳明益編撰的《臺灣自然寫作選》（2003），由二魚文化出版。

37 例如郁永河的《裨海紀遊》（1967），書中記錄郁永河來臺採硫的所見所聞。一般認為是第一本關於當時臺灣動、植物和人民的遊記。劉克襄多次提及這本書，特別是《隨鳥走天涯》（1985），吳明益也曾在〈目睹自己的誕生〉中提及。

38 相關討論亦可參閱許建崑，2002。

39 魏貽君偏好以「地方」取代「自然」（魏貽君，2006 : 30）。

40 吳明益最早的作品《迷蝶誌》（2000）和《蝶道》（2003）都邀請劉克襄寫序。

41 根據王家祥的説法，撒都索是臺灣的小黑人，臺灣原住民的傳説中記載了他們的活動，特別是布農族的丹群（Takivatan）社群。

42 王家祥筆下的烏托邦類似心岱的小説《地底人傳奇》（1992）中的「生態烏托邦」。這本小説的故事描述一個住在臺灣海域下的母系社會，那裡的人過著理想的生活。身為亞特蘭提斯後代的地底人守護著擁有恢復地球生態平衡力量的礦物。

參考書目

- Arnould Paul et Glon Éric, « Wilderness, usages et perceptions de la nature en Amérique du Nord », Annales de géographie, n°649, 2006, p. 227-238.
- Beston Henry, The Outermost House, New York: Doubleday, 1928.
- Buell Lawrence, The Environmental Imagination: Thoreau, Nature Writing and the Formation of American Culture, Cambridge: Harvard University Press, 1995.
- Buell Lawrence, The Future of Environmental Criticism: Environmental Crisis and Literary Imagination, Oxford: Blackwell, 2005.
- Carson Rachel（瑞秋．卡森）, Silent Spring（《寂靜的春天》）, Boston: Houghton Mifflin, 1962.
- Cheng Anne, « Des germes de démocratie dans la tradition confucéenne ? », in Mireille Delmas-Marty et Pierre-Étienne Will（ed.）, La Chine et la démocratie, Paris : Fayard, 2007, p. 83-107.
- Foreman Dave, "A Modest Proposal for a Wilderness System" , Whole Earth Ethical Review, n°53, 1986, p. 42-45.
- Le Scanff, Yvon, le Paysage romantique et l'expérience du sublime, Paris : Champ Vallon, 2007.
- Lovelock James（洛夫洛克）, The Revenge of Gaia: Why the Earth is Fighting Back – and How we Can Still

Save Humanity（《蓋婭的復仇：地球為何反撲，我們還能如何拯救人類》）, London: Penguin, 2006.
- Mabey, Richard（ed.）, The Oxford Book of Nature Writing, Oxford: Oxford University Press, 1995.
- Snyder Gary, The Practice of the Wild, New York: North Point Press, 1990.
- Soper Kate, What Is Nature? Culture, Politics and the Non-Human, Oxford: Blackwell, 1986.
- Stenzel Hartmut, « Évolution et fonction critique du concept de nature dans la littérature romantique et dans le socialisme utopique », Romantisme, no 30, vol. 10, 1981, p. 29-38.
- Thoreau Henry D.（梭羅）, Walden or Life in the Woods（《湖濱散記》）, Boston: Ticknor and Fields, 1854.
- White, Lynn, "The Historical Roots of our Ecological Crisis", Science, n°3767, vol. 155, 1967, p. 1203-1207.
- 心岱，《大地反撲》（臺北：時報文化，1983）。
- 心岱，《地底人傳奇》（臺北：時報出版，1992）。
- 王文仁，〈在城市的邊緣思索——試論王家祥自然書寫中的「荒野」〉，載於陳明柔（編）《台灣的自然書寫》（臺中：晨星，2006），頁 403-423。
- 王家祥，《文明荒野》（臺中：晨星，1990）。
- 王家祥，《自然禱告者》（臺中：晨星，1992）。

- 王家祥，《關於拉馬達仙仙與拉荷阿雷》（臺北：玉山社，1996）。
- 王家祥，《倒風內海》（臺北：玉山社，1997a）。
- 王家祥，《四季的聲音》（臺中：晨星，1997b）。
- 王家祥，《小矮人之謎》（臺北：玉山社，1999）。
- 王家祥，《魔神仔》（臺北：玉山社，2002）。
- 吳明益，《臺灣自然寫作選》（臺北：二魚文化，2003）。
- 吳明益，《臺灣自然書寫的作家論 1980-2002：以書寫解放自然 Book 2》（臺北：夏日出版，2011b），頁 61-125。
- 吳明益，《臺灣自然書寫的探索 1980-2002：以書寫解放自然 Book 1》（臺北：夏日出版，2011），頁 41-52。
- 孟東籬，《濱海茅屋札記》（臺北：洪範，1985）。
- 孟東籬，《素面相見》（臺北：爾雅，1986）。
- 孟東籬，《道法自然：老子的生態觀》（臺北：內政部營建署玉山國家公園管理處解說課，2011）。
- 唐捐，〈《田園之秋》的辭與物〉，載於陳義芝（編）《台灣文學經典研討會論文集》（臺北：聯經，1999），頁 389-399。

- 徐仁修，《自自然然》（臺北：大樹文化，1993）。
- 徐仁修，《荒地有情》（臺北：大樹文化，1995）。
- 徐仁修，《赤道無風》（臺北：大樹文化，2000）。
- 徐仁修，《自然有情》（臺北：遠流出版，2002）。
- 馬以工、韓韓，《我們只有一個地球》（臺北：九歌，1983）。
- 區紀復，《鹽寮淨土》（臺中：晨星，1995）。
- 許建崑，〈尋找X點，或者孤獨向前——試論劉克襄自然寫作的認知與建構〉，載於東海大學中國文學系（編）《台灣自然生態文學論文集》，2002，頁 94-114。
- 陳冠學，《田園之秋》（臺北：前衛出版，1983）。
- 陳冠學，《進化神話——駁達爾文物種起源》（臺北：三民，1999）。
- 陳映真，〈台灣文學中的環境意識〉，《聯合報》，1996.1.6，第 34 版。
- 陳義芝（主編），《劉克襄精選集》（臺北：九歌，2003）。
- 劉克襄，《旅次札記》（臺北：時報文化，1982）。
- 劉克襄，《消失中的亞熱帶》（臺中：晨星，1986）。

- 劉克襄，《小綠山之歌》（臺北：時報出版，1995）。
- 劉克襄，《快樂綠背包》（臺中：晨星，1998ㄋ）。
- 劉克襄，〈一個自然作家在台灣〉，載於陳明柔（編）《台灣的自然書寫》（臺中：晨星，2006），頁 13-18。
- 劉克襄，《永遠的信天翁》（臺北：遠流，2008）。
- 劉克襄，《野狗之丘》（臺北：遠流，2007）。
- 劉克襄，《綠色童年——親子戶外旅行》（臺北：玉山社，2000）。
- 劉克襄，《隨鳥走天涯》（臺北：洪範，1985）。
- 劉克襄，《小鼴鼠的看法》（臺北：晨星，2004）。
- 鄭明娳，〈新新聞與現代散文的交軌〉，載於李瑞騰、余光中（編）《中華現代文學大系評論卷，卷 I》（臺北：九歌，2003），頁 473-490。
- 魏美莉，〈黑面琵鷺衛星追蹤計畫始末〉，《台灣濕地雜誌第 25 期》，2000。
- 魏貽君，〈自然何方？劉克襄的「自然」空間試探——以《小綠山》三部曲、《偷窺自然》、《快樂綠背包》為探索範圍〉，載於陳明柔（編）《台灣的自然書寫》（臺中：晨星，2006），頁 19-36。

第二章

天橋 Passerelles

吳明益與自然書寫：人類與蝴蝶

儘管跟著劉克襄、王家祥，甚至是學者簡義明等前輩的腳步前行，吳明益自投入自然書寫後，仍時刻思考著如何為這一書寫範疇界義。為此他上溯至一九八〇和一九九〇年代與自然議題相關的作品。不過，他在二〇一一年出版的三冊學術著作中仍然竭力闢建新的路徑，擴大自然書寫的範疇，不再只以周序樺眼中回收「西方荒野美學」的文類（Chou，2013：150-159）看待。

本書探討的對象為吳明益的文學創作而非學術研究，但這兩者間其實經常互相影響。接下來這一小節，我將概述吳明益最早的兩本散文集《迷蝶誌》與《蝶道》的書寫動機與主題。王鈺婷曾提及吳明益是在一九九七到昆蟲展打工時，開始為蝴蝶著迷的。展期間，原本負責收拾殘骸的他開始研究起昆蟲，最後成為展覽的臨時解説員（王鈺婷，2006：107）。吳明益對昆蟲的興趣也來自於前輩作家的作品，例如在倫理學與生態學界都佔有重要地位的法國昆蟲學家與作家法布爾[43]。

除了這兩部作品外，蝴蝶也在其他先前創作或之後完成的短篇、長篇小説和散文中反覆出現。與田園文學或浪漫主義文學不同的是，吳明益筆下的蝴蝶不只是環境中的元素之一，也不是人類為抒情言志而想像的對話者而已。他沒有把蝴蝶擬人化，而是以看「動物」的眼光描寫牠的生物特性並呈現牠的多樣性。這一點自他決定以「The Dao of Butterflies」，而非「The Dao of the Butterfly」做為《蝶道》的英文書名即可看出。

除了詩化的文字風格外，吳明益的文章經常穿插客觀的科學知識、細緻的手繪圖片，對學名、分布、遷徙地和飲食習慣也有鉅細靡遺的說明[44]，這有如紀錄片的手法，有時甚至帶著傳達知識的使命。這種百科全書式的書寫正是吳明益寫作的特點之一，在他的散文和小說中都經常見到。然而，他對蝴蝶特徵的描寫與劉克襄的候鳥相同，都遠遠超出了科學性的觀察描述：

> 蝶帶給我不斷延伸的知識空間。環繞著以蝶為議題的圓心，從植物到其它昆蟲，從神話到開發史，從文學到自然科學，從繪畫到心理學。（〈後記：衰弱的逼視——關於《蝶道》及其它〉，《蝶道》，頁 276-277）

透過這些文字，他探究的不只是昆蟲，而是整個環境面臨的問題，而其中必涉及美學、歷史、社會、經濟和生命政治等面向。然而，吳明益對蝴蝶和人類生活方式的比較和觀點，似乎和哈洛威用來說明以科學的方法把人與人或人與物種間不可消弭的差異變得自然的「銘刻技術」（technologies of inscription）不同（Haraway, 1990：11）[45]。他不耽溺於德希達所說的「人類中心主義的馴化」（apprivoisement anthropomorphique），摒棄「以人類的話語論人」（Derrida, 2006）的做法，也不急於用「蝴蝶性」（papillonité）來展現人類和其他生物間不可簡化的特殊關係，反而嘗試創造新的模式，呈現不同生命間相遇、相鄰、相近、相遠和互動的作用：

> 《迷蝶誌》中寫的不只是我和蝴蝶交往的過程，而是一個人透過生命去結識更多生命，透過某些知識與經驗的累積，回顧本身思維與存在意義的動態交流。（王鈺婷，2006：17 引用）

在《迷蝶誌》中，吳明益不斷嘗試創建新的模式，取用艾斯比（Eric Ashby）的觀點，以「我—您」（I-thou）而非「我—它」（I-it）的角度重新定義人和「自然」或「自然界」之間的關係。這樣的關係不再是主觀和客觀的差異，而是主體和主體的對等（《迷蝶誌》，2001）。《迷蝶誌》的核心就在於學習如何面對並體會自然，為此他思考自身和他人的經驗，對人類與其他非人生物的關係提出質疑。例如在〈死蛹〉一文中，他敘述了朋友I. K.突然對昆蟲產生興趣的故事。朋友一時興起，卻沒有任何辨識蝶種或照顧蝴蝶的能力。因為這一事件，他進而思考人看待其他生物的角度：

> 我們習慣面對人，不習慣面對其他生命，於是，即使就在旁邊，也感受不到他們的存在。（《迷蝶誌》，頁75）

這層思考是他對人類中心主義提出質疑的第一步，吳明益的許多文本中都透露了這一觀點，本書中也會有相關討論。他認為改造環境不應以人類利益為優先考量，尚須把其他生物納入判斷依據：

我們所改變的世界，不需以回歸荒野為唯一的依歸，但至少至少，可以在進行任何「改造」自然的行為之前，把其它生命考慮進去。（〈趁著有光〉，《蝶道》，頁49）

理解其它生命的眼光與美感，新倫理才有建立的可能性。所以在書寫《蝶道》的過程裡，我心裡有一個小小的僭越，我以為自然美學並不是架築在自然學的最上層，而應是最低層。改變以人為中心的美學觀，才可能改變以人為中心的環境倫理觀。（〈衰弱的逼視——關於《蝶道》及其它〉，《蝶道》，頁279-280）

儘管如此，至少在最初，吳明益並未把自己視為「生物中心倫理」的佈道者，而是接受諾頓（Bryan G. Norton）提出的「溫和的人類中心主義」（weak anthropocentrism）。這條道路並非一時衝動的決定，生物中心的論述經常因為齊視所有生物，且對環境危機引發的社會問題缺乏關注而遭到批評。不過，無論採用哪一種理想，蝴蝶的觀察都讓吳明益自生物中心的角度重新審視「價值」的概念。在全球化資本主義的背景下，每一個物種都在經濟市場上被視為資源評估價值，而吳明益的生物中心思考，揚棄的就是這種功利主義的篩檢準則。

《迷蝶誌》和《蝶道》雖在主題上相近，但「在座標裡各有定位之點」，正如劉克襄在《蝶道》的序言中所說，《迷蝶誌》「多的是作者青澀而矜持的自然觀察，挾以對自然志和科學知識的單純愛戀」，而《蝶道》則更深入思考生命的意義和複雜性（劉克襄，2010：26, 29）。

《蝶道》分為上、下兩卷，上卷名為〈六識〉，指的是佛教教義中的六種感知經驗，包括視覺（眼）、聽覺（耳）、嗅覺（鼻）、觸覺（身）、味覺（舌）、意識（意），旨在除去「感官人類中心主義」，以六種感知體會蝴蝶與人類的異同。下卷〈行書〉是他的島嶼紀行，將文學和哲學的反思揉進個人觀察紀錄之中，並預告了下一本散文集《家離水邊那麼近》的書寫。

在〈在寂靜中漫舞〉一節中，吳明益關注的是聽覺。他從拉斐爾（Raffaello Sanzio）《雅典學院》（*The School of Athens*）中無聲的對談說起，再到拉都希氏赤蛙的鳴叫和雙尾蝶的聽覺，更以中國當代詩人北島的詩作〈夏天〉為章節題詞：「一個學習孤獨的人先得有雙

敏銳的耳朵。」吳明益以這句話質疑「感官人類中心主義」，質疑在自然中尋找的不是其

他生命的聲音，而是人類自己欲望的投射：

有時候不是聲音迷路，而是我們刻意「選擇」聲音，或「拒絕」聲音。詩人北島說：「一個學習孤獨的人先得有雙敏銳的耳朵。」這話不像是要「學習」孤獨，反倒像是害怕孤獨了。因為害怕孤獨，耳朵就尖了，把所有細瑣的聲音，都當成了對自己的呼喚。

因此孤獨的時候，有時會誤以為全世界都在向你詰問辯論訴說。（〈在寂靜中漫舞〉，《蝶道》，頁64-65）

儘管如此，對吳明益來說，自然界中沒有孤獨的時刻。與其孤身，他認為不如打開雙耳，傾聽來自遠方或極其細微的聲音，唯有如此，才能感受到他者或世界的存在。而即使聲音難以用文字形容，但在意圖形容臺北樹蛙的聲音時，就是為兩個生命搭起關係邁開第一步。為此，他也承認一個所有的聲音都能被聽見並記錄傳播的世界確實存在著[46]：

意圖形容蛙類的鳴聲有時候可以視為一種想像與語言文字能力的訓練，也是一種把蛙的世界和自己世界建立連繫的方式，會產生了我們共居同一枚星球的親切感。（〈在寂靜中漫舞〉，《蝶道》，頁59）

以文字記錄這些聲音即意味著媒介的存在。所有的聲音都在發聲者和接收者間傳遞，我們聽見的從來都不是聲音本身或各種聲音的混音，而是一種迴響，再透過文字的琢磨記錄下來。對吳明益來說，世上所有的旋律都是來自大地：

所有會發出聲音的原始物質都來自土地。即使是阿姆斯壯（Louis Armstrong）小喇叭的金屬，艾文斯（Bill Evans）琴鍵的木材，史坦．蓋茲（Stan Getz）薩克斯風裡吐出的一口氣，都是蓋婭的血液、骨骼與呼吸。

整個地球是一個巨大無匹的神笛，所有生物在那笛子的魔音下成住壞空，再成住壞空，然後成住壞空。（〈在寂靜中漫舞〉，《蝶道》，頁62-63）

把人類視為傳遞自然聲音的媒介，這樣的概念與海德格（Martin Heidegger ）「人類的雙手製造出的東西都是本就存在且生於自然的。更遑論人類模仿自然而造之物……」（Heidegger, 1992）不謀而合。

正如吳明益所說：「對常接觸自然的人來說，世界從來沒有安靜過」（〈在寂靜中漫舞〉，《蝶道》，頁58），「寂靜的夜」這樣的說法只在生態災難發生時才有可能。作者亦在文中提及「寂林症候群」[47]，這種森林中沒有任何生命的狀況經常與卡森《寂靜的春天》中沒有鳥鳴的春天相提並論。可嘆的是，「生態系，是一種以『合聲』的方式存在的交響樂」（〈言說八千尺〉，《蝶道》，頁222），若人類持續殺害所有的生命形式，最終將走入這樣的寂靜之中，一如〈寂寞而死〉（《迷蝶誌》，頁42-50）中所言，將其他生物滅絕後，人類也會在無聲中寂寞地死去。

《蝶道》的上卷專注探索文學、哲學、科學和生物學中的感官經驗，作者也用更廣的視角檢視生物生存的條件。性、愛、死亡，以及連結它們的關係都是上卷章節中重要的元素，例如〈死亡是一隻樺斑蝶〉便是一篇面向死亡的文章。文章以卡森女士在即將走到生命循環盡頭前留下的最後幾封信展開，信中回憶她看到大樺斑蝶（*Danaus plexippus*）時的興奮之情：「當我們說到一去不返的時候，沒有一絲憂傷。而且理所當然——任何生命走到循環的盡頭，我們都加以接受，把結束視為自然……」（〈死亡是一隻樺斑蝶〉，《蝶道》，頁121）。吳明益以這封信做為楔子，自科學、哲學與文學切入，展開了對死亡的思辯，也邀請讀者進入文學的對話之中。文中提及墨西哥人前哥倫布時期大樺斑蝶做為死去人們魂魄歸來的神話，以及希臘神話中科羅妮絲（Coronis）的傳說，再到海恩斯（John Haines）的隨筆與各種與死亡相關的哲思。不只如此，他還納入海德格認為人是「向死的存在」的概念，換一個方式把同一本書中稍早提及的龍樹（Nāgārjuna）之修行延伸出來[48]。

他寫生與死之事，談所有生物的相互依存，以及死亡對生者而言的意義，抒情的意味更勝哲學：

> 軀體是靈魂的居室，也是死亡的居室，一個離開之後，另一個住進來，居室歆歆粉滅。我們必須流淚，保持做為一個生者的適當濕度與溫度。（〈死亡是一隻樺斑蝶〉，《蝶道》，頁133）

這一思路也可以在其他文章中看到，例如〈迷蝶二〉（《迷蝶誌》，頁165-179）中，玉帶鳳蝶（*Papilio polytes*）的死，延續了一群螞蟻的生命（頁177）。

湖裡的食物變多？是的，除了人類以外，生物總是另一種生物的食物，而生物也總是吸引另一種生物。（〈十二〉，《家離水邊那麼近》，頁208）

小說《睡眠的航線》中，陽明山上包籜矢竹的死也是一樣的，再一次說明了死亡的兩個面向，既是終結，也是延續：

那年四月起陽明山的包籜矢竹確實全面性地開了花，紫紅色的花藥點綴了整片綠色的竹林，有的竹子已開始枯死而呈現褐黃色，給人一種生與死同時進行的印象。（《睡眠的航線》，頁22）

死亡的主題和面對死亡的態度經常出現在吳明益的書寫裡。例如《複眼人》中傑克森與托托的失蹤，以及傑克森在山崖之下與複眼人關於死亡的對話。《睡眠的航線》中更是隨處可見，包攇矢竹、小阿姨、阿公、敘事者的父親、三郎的母親，甚至是秀男的外公……這些死亡的經驗都與童年有關。還有短篇小說〈鳥〉裡的主角和哥哥養在小籠子裡的鳥被貓咬死，第一次經歷了死亡（《天橋上的魔術師》，頁 152-167）[49]。

《迷蝶誌》和《蝶道》的內容與劉克襄和王家祥的作品一樣，經常穿插臺灣的環境和社會歷史，以及作者的實地探訪紀錄。吳明益一再強調臺灣做為匯流之處的重要性，重視島嶼歷史上生物遷徙的路徑。

王鈺婷在分析《迷蝶誌》與《蝶道》的文章中曾提及對吳明益而言，「所有的生態史都是生態的變遷史」（王鈺婷，2006 : 122）。

比方說從蝴蝶的遷徙延伸到臺灣人口的移動，作者自最早的南島語族說起，直到近年東南亞的移工，藉此展現臺灣是「一塊容納各種生命型態的地域」（〈飛翔的眼神〉，《迷蝶誌》，頁 204）。《迷蝶誌》中的臺灣是通往新關係的過境之地。福爾摩沙本就處於群島中央的關鍵位置，群島的文化多元且跨越國界，蝴蝶遷移的航線無疑是臺灣文化流動的隱喻。一如劉克襄的信天翁和李奧波的野雁[50]，地方的詩意超越了國界，再也不能與國家詩意相提並論，因為遷徙流動在本質上就注定了一個物種不會在單一地區扎根。而蝴蝶的存在也讓作者得以斷言土地不屬於任何人，而是屬於所有棲息其上或過境此地的生命：

他們（蝶類）從未將一片「國土」據為己有。對一隻小紫斑蝶來說，大肚溪的生命乳水，是屬於所有的生命的。他們不必因為紀念誰驅逐了誰，誰護衛了誰，而蓋一座護國宮。

也許有一天，人們會曉得「國」乃土地，而土地意味著複數的生命的真正意義。（〈國姓爺〉，《迷蝶誌》，頁135, 138）

〈國姓爺〉一文自荷蘭據臺談到明末鄭氏、清朝、日本和國民政府輪番統治，回溯臺灣數百年來的歷史。這段話實際上暗批了臺灣歷史上層出不窮的人口管理和土地侵佔問題。吳明益拿蝴蝶和人類相比，目的不僅是做為生物隱喻，更是連結臺灣殖民史上的人口遷移和土地爭奪等粗暴行徑。將人類歷史與蝴蝶連結也形成一種警示，點出殖民主義的災難對整個生物界的影響。

為自然去自然

直至二十一世紀初為止，城市或都市空間的文學投射研究，無論是關注於環境破壞或社會空間的建造與拆除，在生態批評領域中始終沒有受到太大的關注（Heise, 2006：508）。然而，如果我們假設生態詩學即居住環境的詩學（生態學即居住環境的科學），換句話說，是對生物體與其周圍環境（包括非生物環境和生物環境）相互關係的想像與探索，那麼所有的場所（topos）都應被含括在討論範圍內。

臺灣的自然書寫中，「城市」並非完全缺席。以劉克襄為例，他自一九九〇年代起便投入書寫「都市自然」的文本，認為「我們所接觸的自然，早已充滿城市的符號和語言」（劉克襄，1998：30）。因此，必須模糊城市與自然間一貫對立的立場，並在城市中尋求抹除界線的元素。這種追尋可以從他在〈路過植物園〉（2003）中對植物園的關注看出，這些做為都市中心最佳「綠地」的「城中島」即是他的自然（劉克襄，2003 : 66）。

不過，他的文學探索中，以自然與城市（或都市文明）間鬆散的邊界為題，最具特色的作品應是二〇〇七年出版的《野狗之丘》。小說中的主角是在臺北生活的福爾摩沙狗，作者藉著牠的故事提出大都市野狗混種的問題。行文之間（實際上是批判臺灣首都虐待野狗的問題[51]），劉克襄質疑「野狗算不算一個城市文明的一份子，還是過時的廢棄物？」（劉克襄，2007 : 72）。

野狗既不屬於「文明」，也不屬於「自然」，這樣的「混種物」類似拉圖在《我們從未現代過》（*Nous n'avons jamais été modernes*）中提出的「類客體」（quasi-objets）。拉圖認為「純化分離現代性的工作」將導致「自然與文化成為截然分立的兩端」，然而這種分立事實上僅是一種幻覺，因為「只能依賴混種物的增生才有可能出現」。而混種物也只處在閾限狀態之中，既不完全屬於自然，也不完全屬於社會／文化（Latour, 1997 : 47, 21）。

在這篇批判「野狗屠殺制度」的小說中，劉克襄也提出另一個保育動物的關鍵問題。牠們擁有市民權嗎？若答案是肯定的，又該由誰做為代表參與相關的政策決議（劉克襄，

2007：72）？提及自然／文化混種物的生存空間與權利，自然會聯想到拉圖提議讓所有非人類參與政治決策的「物議會」（Parlement des choses）（Latour, 2004），以及史耐德當時提出的「眾生議會」（Assembly of All Beings）（Snyder, 1990：12, 15）。

都市野狗的議題雖值得深入討論，卻偏離了這一章節的主題，我將在稍後探討人類與動物的章節中再述（詳見第五章）。這一節的重點在於理解為何某些都市生態典範選擇打破自然／文明的二元對立，質疑並試圖改變城市中的民主[52]。

吳明益的作品中更常見到臺北的身影。在《本日公休》、《迷蝶誌》、《虎爺》（2003a）、《睡眠的航線》、《單車失竊記》中都出現了八座天橋互通的連棟水泥建築——中華商場，更不用說《天橋上的魔術師》的故事是以此地為場景展開的。

中華商場於一九六一年竣工，座落於靠近臺北車站的中華路一段，距離年輕族群的逛街勝地西門町不遠。一九六〇年至七〇年是中華商場的全盛時期，而後由於新建市場的競爭，以及商業中心往東遷移而沒落，並於一九九二年拆除。鼎盛時期的中華商場約有一千七百戶居民，商場拆除後，商店大多遷至臺北地下街。中華商場代表了一九七〇年代資本主義興盛與經濟成長。吳明益認為，「中華」一詞（意指文化上的中國）象徵國民黨政府在二十世紀下半葉改造此一「荒地」（terrain vague）意識型態，使之成為充斥文化民族主義的場所。法國社會學家列斐伏爾（Henri Lefebvre）曾在相關研究中闡明所有的空間都是社會的產物，代表著一塊土地上的權力關係。社會空間不只是被生產，也會生產、支配和主導社會關係。換句話說，「社會空間不只是被安排或建立起來而已，還會隨著群體的要求、倫理和美學改變，也就是隨著意識型態而調整」（Lefebvre, 1974：204）。吳明益在《天橋上的魔術師》中寫出了這個商場「群體」的多元樣貌，除了絕大多數的本省人外，也有原住民（如〈強尼・河流們〉中的阿猴）和外省人（如〈唐先生的西裝店〉裡的唐先生）。

吳明益最早的小說中都可以見到中華商場的身影。例如商場關閉五年後成書的《本日公休》，無論是人物或故事本身都是一九八〇至一九九〇年間臺北在景物與人事滄海桑田的最佳見證，也為作者未來回憶錄式的書寫模式定調。商場中的地名、商店、人名將會反覆出現在他的作品中。做為一個永恆回歸的生態系，中華商場通常以魔幻寫實的方式現身，令人想起馬奎斯寫馬康多（Macondo）或莫言寫高密時的福克納（William Faulkner）式書寫。單看《天橋上的魔術師》開篇即引用這位拉丁美洲最受人注目的作家文字來設定框架，便可明白他的用意。吳明益在這本以中華商場為場景的短篇小說集中，拿童年的懷舊時光和魔法來對抗現實的成人世界，從商場中抽出的意識形態與各別商家的意義自成一個冒險與奇幻之境[53]。

散文〈迷蝶二〉以蝴蝶的遷徙暗喻商場人口組成的多樣性，其中也包括國民政府接收臺灣後，隨蔣中正撤退來臺的外省人。而連接各棟商場建築的天橋便是鑄成他們回憶的基石：

> 這六座天橋（……）像枝幹一般，聚棲了一群飛聚的迷蝶。她們或者是由觸角嗅到某種生命的味道、或者是生長地的乳汁不堪負荷、或者是突如其來的環境變動，便任由翅膀被迷懾，甚而穿越海峽，訪覓可以安安靜靜產卵的所在。安安靜靜地，彎起尾柄，讓卵附貼於食草的脈搏上。
>
> 一九九二，站在待拆的中華路天橋上，我親眼目睹了那株互聯商場的巨木朽腐垂敗的崩潰過程。我穿過武昌峨嵋，像繞過千萬里的山河，站在如今已成天空

的橋上，看著怪手將我童年的場域凌遲處死。每當翻開那頁，眼前就浮現水手傳說中平貼翅翼在海面過夜的紅擬豹斑蝶迷蝶群落，順著陽光震抖身子，海，謎般燃燒起來。（〈迷迭二〉，《迷蝶誌》，頁 166, 169）

《睡眠的航線》中出現的敘述，同樣也描寫了商場這個獨特生態系的興衰：

想起商場建的時候可是大事，台北還沒有這麼壯觀，從日常用品到美食百貨一應俱全的地方。八幢三層樓的建築，就這麼從西門拉出一條延伸到北門的弧線。一樓南北兩向都可以做生意，二樓雖然只有一面店鋪，但天橋相連，形成一條人潮的動線。

說起竹仔厝，恐怕很多商場第二代都不知道了，他們多半是在商場建好以後才出生的，在不會漏雨、風吹不進來的水泥商場出生的。但在商場建成之前，從各處到城裡謀生的人，最早是各自胡亂在這裡搭建起竹仔厝，做起生意。這些人

> 有的是從鄉下放棄田地北上的，有的是在其他地方做生意失敗的，有些是國民黨帶來台灣的軍人……因此有人講日語、福州話、山東話，甚至阿美族話……。「竹仔厝」就是一個語言複雜的世界。（《睡眠的航線》，頁 77, 86-87）

小說第十二節的內容自商場的興建，說到早些時候的竹仔厝，走過了它的繁華，直到政府和商家判斷商場命運的溝通會。敘事者的父親（即三郎）看著世事變化，最後決定隨著商場離開。商場拆除的不只是空間，更是住戶心中的回憶，同時也反映出他們對此決策的無能為力。這段文字透露出的並非對城市的批判，而是「城市權利」的呼籲，即列斐伏爾所說的，享有城市資源並參與決策的集體權利。

中華商場絕非單純的水泥建築或算得上興盛的商業中心而已，更重要的功能是做為交誼中心，來自各方的人在此交會。因此，它也庇護了那些自平地到竹子厝、竹子厝到水泥商場、商場到殘壁間，被都更暴力粉碎的回憶。如哲學家馬丁（Jean-Clet Martin）所言，「城市可以做為記憶的材料」（Martin, 2010：21）。吳明益筆下的中華商場，甚至是整個臺北城，都和森林或珊瑚礁的生境一樣，自成一個複雜的生態系統。來自馬提尼克的作家夏慕舟（Patrick Chamoiseau）在長篇小說《Texaco》中也認為城市有如「紅樹林是（……）一個有互動關係的平衡生態」（Chamoiseau, 1992 : 192, 328）。儘管《天橋上的魔術師》的重點不在「自然」環境的描述，但吳明益筆下的這幅市場大壁畫顯然也不只把城市環境做為故事背景，更是故事的主角。小說〈流光似水〉就是極佳的例子。主角阿卡在商場出生，後來成為喬治．盧卡斯（Georges Lucas）微縮模型公司的技師。回到臺灣後，阿卡開始製作他一生最重要的作品：中華商場模型，卻沒想到未能完成便因病逝世（《天橋上的魔術師》，188-207）[54]。一如之前所有書寫自然的作品，吳明益再次邀請讀者感受《天橋上的魔術師》裡將居民與居所連結起來的最魔幻、最離奇的關係。

吳明益與劉克襄作品中呈現的都市環境和人事，終究都點出了生態研究中的自然書寫最關注的議題：是否應思考並挑戰文學傳統上將「自然」視為優越的、整體的概念？

沒有自然的生態學？

美國學者莫頓近幾年來對自然書寫的類型提出諸多質疑。他在多本著作，特別是《沒有自然的生態學：重新思考環境美學》（*Ecology without Nature: Rethinking Environmental Aesthetics*, 2007）和《生態思維》（*The Ecological Thought*, 2010）中試圖揭露多位作家筆下的「自然」為非虛構的自傳性書寫，包括李奧波、梭羅和溫德爾・貝瑞（Wendell Berry）都在討論之列。為此，他提出「仿生態學」（écomimétique）一詞做為「自然書寫」的同義詞（Morton, 2007 : 31-78）。莫頓認為，意圖擬造物理環境的文本，就是一種「仿生態學」。這類文本通常會以「記錄這件事的當下……」做為開頭，傳達了記錄個人經驗的意向。更廣泛地說，莫頓的質疑完全建立在證明「自然」一詞的使用，無論是在自然書寫，或是藝術、哲學、關注生態的政治學等領域，都是一種「自毀的概念」（self-defeated concept）（Morton, 2011b）。人類／自然（或自然／文化）的二元對立重塑了與生態運動背道而馳的概念，主題／對象的二元對立也延續了拉圖所批評的人類中心主義的意識形態[55]，「自然書寫與生態學的立場是對立的多、同意的少。它把自然放在『境外』（au-delà）——即一個沒有人煙的原始荒野，反而讓原本試圖抹滅的分隔線變得清晰」（Morton, 2007 : 125）。

然而，他對使用「自然」一詞的批評事實上更像是在質疑文學中的「荒野」

（wilderness）。比起吳明益書寫中重視過程與關係的自然，他的論述更靠近浪漫主義。莫頓和吳明益對此意見一致。前者認為荒野「只能存在於未被開發的資本中……是抽象的」，而吳明益本身也在論述自然書寫時提過「『無人荒野』式的書寫只存在於殖民時期殖民國的『拓荒式』生態筆記」（《自然之心——從自然書寫到生態批評：以書寫解放自然Book 3》，頁29），連結了荒野的想像與殖民想像。

然而，儘管「荒野」在文學想像中的定義曖昧不明，並不表示吳明益的作品沒有浪漫主義美學的痕跡。比起幻想外於人類的空間，他的書寫更像是在表現一個如人類般自有想法和感受的自然：

> 就像所有的溪流一樣，美崙溪不會永遠只是美好的，她也會暴躁、發怒，變得難以理解與安撫。（……）但對城市文明來說，我們最希望的是溪流「固定」下來，辦法是築起堤防，嘗試將溪馴化為一條都市的水溝、景觀道。（〈水在土地上輕輕擺尾，把一切藏在河灣之後：Fancaiwan〉，《家離水邊那麼近》，頁33）

這段文字隱含了好幾個層面的浪漫主義表現：擬人、女性書寫（使用「她」）、自然的情感流露，以及與「都市文明」相對的立場。

吳明益其他作品也經常透露這樣的概念，特別是在最早的幾篇散文中多次提及洛夫洛克（James Lovelock）「地母」蓋婭的假說。

然而，在其他文字中亦可找到他自相矛盾之處，例如以達爾文的論述反對自然有自己的意圖：

> 自然是毫無目的的育種者，生命並沒有朝我們的光輝人性而來，它只是從物種衍生出新的物種，再從新的物種衍生出更新的物種而已。（〈X〉，《家離水邊那麼近》，頁239）

除了散文寫作外，吳明益的小說中也對浪漫主義回歸自然狀態的幻想持有異議。例如藉《複眼人》中的傑克森[56]和阿莉思反思二〇〇九年八月莫拉克颱風重創臺灣南部和東南亞的水災，以及對環境、人身財產帶來的損失：

阿莉思認為，災難帶走的生命，只會讓人誤以為災難是可以對付的。有些人也僅僅是把災難擬人化，說大自然「殘忍」、「不仁」，隨口嚷嚷而已。

聽了阿莉思的想法，傑克森偶爾會對阿莉思宣揚他的丹麥觀點：「其實自然並不殘酷。至少沒有對人類特別殘酷。自然也不反撲，因為沒有意志的東西是不會『反撲』的。自然只是在做它應該做的事而已。（《複眼人》，頁71）

另一段文字：

她也想起這幾年颱風一來就爆發土石流，有時把整個原民部落都埋了，有時把車輛吞沒，有時把整個村子困在路與路之間……因此屢屢有人提到應該重返自然、尊重自然，甚至是「重新敬拜山神」這樣的口號。不過也許太晚了吧，即使有神也早已離開了吧。阿莉思想。（《複眼人》，頁293）

吳明益的文本中屢屢呼籲「體驗自然不只是讚嘆美景，或許，也必須去摸觸她的暴烈、變動與複雜」（〈達娜伊谷〉，《蝶道》，頁162）。這段文字透露描寫自然不應只是歌頌她的美好，也應盡力理解生物間互動網絡的複雜性，以及破壞自然可能引發不相稱的後果，與浪漫主義視非人類環境為聖域的想法相左。

莫頓在美國的自然書寫中看到的自然，即浪漫主義尋求的固定、優越且位於域外的自然。而吳明益的想法背道而馳，他眼裡的自然是變動的，與歷史和社會共進。吳明益的自然與生態系統離得較近，他在〈行書〉一文中有這樣的定義：

種族與種族間以一種陌生的親密狀態，為人類知識體系所創造出的「生態系」這般的詞下定義：一個個體總合無法等於總體的詞，一個可以被拆解成無窮的細部，卻又能組構成一連串詩一般動態複義的詞，一個發散數列，一個容納所有生命活動意象的黑洞。（〈行書〉，《蝶道》，頁240）

這樣的概念也與提出「移動花園」（jardin en mouvement）的法國地景規劃師吉爾．克萊門（Gilles Clément）隔空呼應。克萊門認為生態系統「是動態的存在，不只是生命和物體的合體而已，有一股能量穿梭其間」（Clément, 2008 : 28-29）。兩人以各自的方式闡述生態環境的平衡不是透過保護實現，而是在尊重互動的前提下才有可能。《蝶道》中收錄的散文〈往靈魂的方向〉中便質疑了恢復一個生境的可能性：

美國自然寫作者瓊斯（Stephen R. Jonse）在描寫著名的山德丘（Sandhills）草原生態時就曾說：「當我們想要恢復生態系統到自然的狀態時，我們要恢復到哪一時期的自然呢？」

也許，保護黃蝶翠谷的意涵，應調整為尊重溪谷自然植被的演化……

時間或許是銜著尾巴的迴圈，卻無法逆轉，我們無法畫兩個同樣軌道的圓，任何「恢復」都是「改變」。（〈往靈魂的方向〉，《蝶道》，頁 191, 193）

莫頓（自藝術、政治或哲學角度）思考一個沒有自然的生態學，意不在捨棄自然本身，而是想像「沒有自然之觀的生態學」（Morton, 2007: 24）。這一觀點超出了傳統生態批評的範疇，在「自然」的終點開啟了真正的生態反思。若與拉圖對生態學的看法相比，兩者討論的都是一個遠離政治學的自然。以此為前提，自然不再是做為獨特、固定且包羅萬象的個體，生態學的目的也不再是「關照自然」（Morton, 2007 : 15）。美國女性主義生態學家麥茜特（Carolyn Merchant）提出「自然之死」，即在呼籲摒棄女性化的自然，不再去解剖或合理化父權科學的控制（Merchant, 1993）。

近來生態學「去自然」的趨勢，無論是從生態批評，或是以解構為旨的哲學流派的嘗試，都揭示了自然／文明互相浸透的人類世典範正在形成。

這一小節中列舉的段落皆展現吳明益的「自然」不是一個固定的個體，而是由性質各異、集體參與、變化多端的一系列主體組成。自然書寫本身就是混合了哲學隨筆、自傳和小說的文類，臺灣的作家則以散文的形式呈現。臺灣的自然書寫雖承繼了美國的脈絡，但較少著墨於風景的描述，更專注於一地生態系統的質變和人類與環境如何隨之發展。因此，我認為應以「生態書寫」或「生態詩學」來取代「自然的書寫」，藉此避免在寫作的主體（人類）和客體（自然）間建立起無法克服的二元對立。

吳明益在一篇較近期的學術文章中偏離他早期服膺的自然書寫慣例，對自然書寫、生態書寫、環境書寫、自然導向的文學等名詞提出疑問。對他而言，這些用詞不單純是科學的術語，更意味著投射到環境的想像：

文字不只是表意工具，它也意味著使用者的「選擇」，以及選擇背後的意圖。（……）這些詞語都意味著從不同角度觀看文學與環境的關係。（《自然之心——從自然書寫到生態批評：以書寫解放自然 Book 3》，頁 18）

必須強調的是，需要摒棄的並不是社會建構的「自然」，而是在這個論述框架的滋養下形成的，做為人類世根源的人類中心主義。

43 例如〈愛欲流轉〉一文中與法布爾的發現對話（《蝶道》，頁91-92），或是在〈櫻桃的滋味〉中提到的泥蜂睡覺（《蝶道》，頁99）。

44 吳明益曾在二〇一四年出版一本討論生態和攝影的散文集《浮光》，但本書中不會討論。

45 哈洛威在《猿猴、賽伯格和女人：重新發明自然》（1991）一書中整理出大多數關於靈長類的學術文章都是以人類社會的話語寫成，也為了建構人類話語而寫。因此，展現出的科學證據都指向統治是一種事實或自然的行為。吳明益也曾對這一主題提出反思：「蝴蝶會不會已經成了我書寫的『工具』？我在想」（〈從物活到活物：以書寫還自然之魅〉，《台灣的自然書寫：二〇〇五年「自然書寫學術研討會」文集》，頁68）。

46 吳明益曾引用人類學家費爾德（Steven Feld）關於新幾內亞卡盧里人（Kaluli）的論述，表示每一種動物都是一個「聲音」：「你可以管牠們叫鳥，那就是森林裡的聲音」（〈一〉，《家離水邊那麼近》，頁234）。

47 吳明益並未註解出處，但應是出自威爾森《生物圈的未來》（*The Future of Life*），二〇〇二年，天下文化出版。

48 吳明益在〈愛欲流轉〉（《蝶道》，頁93）中提到印度佛教的經典《龍樹菩薩傳》，指出沒有生死就沒有必要創造或毀滅。他在這篇文章中點出了人類和蝴蝶的欲望和死亡的問題。

49 小說中有能力重塑時間的魔術師就和複眼人一樣，讓生與死的界線變得複雜。

50 那些強權要到一九四三年才在開羅會議上發現世界各國實為一體，實為歷史上最諷刺的事之一。世上的雁鴨早就明白這個道理，每年三月，他們都會身體力行這一假設（Leopold, 2000 : 42）。

51 臺灣的野狗問題大約自一九八〇年代開始浮現，就在所謂「臺灣經濟奇蹟」的年代。九〇年代臺北約有六十六萬六千五百九十隻野狗在臺北市流浪（根據路透社二〇〇七年七月十九日報導〈臺灣希望在十年內解決野狗問題〉）。

52 更多關於劉克襄小說的討論可參考 Huang, 2009。

53 劉亮雅認為這是以神話與魔幻做為反抗的力量（Liou L., 2008）。

54 小說〈流光似水〉篇名呼應馬奎斯小說《La luz es como el agua》。

55 （譯註）生態運動的目的通常在於把人類與自然融為一體，兩者和諧相處，因此這樣的二元對立又會陷入人類中心主義的毛病。

56 傑克森在小說中事實上象徵深入荒野的冒險家，他眼中的阿莉思就像危險卻極具誘惑的自然：「（他）決定放棄接著到峽灣划獨木舟的計畫。對他而言，遇到阿莉思就跟在大自然冒險一樣刺激、無可預期，而且可能更具有傷害性」（《複眼人》，頁63）。

參考書目

- Chamoiseau Patrick , Texaco, Paris : Gallimard, 1992.
- Chou Serena Shiuh-huah, "Sense of Wilderness, Sense of Time: Mingyi Wu's Nature Writing and the Aesthetics of Change", in Estok, Simon C. et Kim, Won- Chung（ed.）, East Asian Ecocriticisms: A Critical Reader, New York: Palgrave MacMillan, 2013, p. 145-163.
- Clément Gilles, Toujours la vie invente : Réflexions d'un écologiste humaniste, Paris : L'Aube, 2008.
- Derrida Jacques, L'animal que donc je suis, Paris : Galilée, 2006.
- Haraway Donna, Simians, Cyborgs and Women: The Reinvention of Nature, London: Routledge, 1990（1st ed.）.
- Heidegger Martin （海德格）, les Concepts fondamentaux de la métaphysique: monde, finitude, solitude, Panis D.（tr.）, Paris : Gallimard, 1992.
- Heise Ursula K., "The Hitchhiker's Guide to Ecocriticism", PLMA, n°121, vol. 2, 2006. p. 503-516.
- Huang Tsung-huei（黃宗慧）, "Anthropomorphism or Becoming-animal? Ka-shiang Liu's Hill of Stray Dogs as a Case in Point", Transtext(e）s Transcultures, n° 5, 2009. URL : http://transtexts.revues.org/279

- Latour Bruno, « Esquisse d'un parlement des choses », Écologie&Politique, n°10, 2004, p. 97-115.
- Latour Bruno, Nous n'avons jamais été modernes, Paris : La Découverte, 1997.
- Lefebvre Henri , Le droit à la ville, suivi de Espace et politique, Paris : Anthropos, 1974.
- Leopold Aldo（李奧波）, Almanach d'un comté des sables.（《沙郡年記》）, A. Gibson（tr.）, Paris : Flammarion, 2000.
- Liou Liang-ya, "The Ambivalence toward the Mythic and the Modern: Wu Mingyi's Short Stories", Tamkang Review, 2008, n°39, Vol.1, p. 97-124.
- Martin Jean-Clet , Plurivers. Essai sur la fin du monde, Paris : PUF, 2010, p.21.
- Merchant Carolyn, "The Death of Nature", in Zimmerman Michael E., Callicott John B., Sessions George et al.（ed.）, Environmental Philosophy: From Animal Rights to Radical Ecology, Englewood Cliffs: Prentice-Hall, 1993, p. 271-283.
- Morton Timothy, "Sublime Objects", Speculations II, 2011b., p. 207-227.
- Morton Timothy, Ecology without Nature: Rethinking Environmental Aesthetics, Cambridge, Massachusetts and London: Harvard University Press, 2007.
- Morton Timothy, The Ecological Thought, Cambridge, Massachusetts and London: Harvard University Press, 2010.

- Snyder Gary, The Practice of the Wild（《禪定荒野》）, New York: North Point Press, 1990.
- 王鈺婷，〈生態踏查與歷史記憶——從《迷蝶誌》到《蝶道》〉，載於陳明柔（編）《台灣的自然書寫》（臺中：晨星，2006），頁 103-125。
- 吳明益，《本日公休》（臺北：九歌，1997）。
- 吳明益，《迷蝶誌》（臺北：夏日出版，2000 初版）。
- 吳明益，《虎爺》（臺北：九歌，2003a）
- 吳明益，《蝶道》（臺北：二魚文化，2003b）。
- 吳明益，〈從物活到活物——以書寫還自然之魅〉，載於陳明柔（主編），《台灣的自然書寫》（臺中：晨星，2006），頁 65-73。
- 吳明益，《家離水邊那麼近》（臺北：二魚文化，2007）。
- 吳明益，《睡眠的航線》（臺北：二魚文化，2007b）。
- 吳明益，《複眼人》（臺北：夏日出版，2011 初版）。
- 吳明益，《天橋上的魔術師》（臺北：夏日出版，2011b）。
- 吳明益，《自然之心——從自然書寫到生態批評：以書寫解放自然 Book 3》（臺北：夏日出版，2012）。

- 吳明益，《浮光》（臺北：新經典文化，2014）。
- 吳明益，《單車失竊記》（臺北：麥田，2015）。
- 劉克襄，《快樂綠背包》（臺中：晨星，1998）。
- 劉克襄，〈路過植物園〉，載於陳義芝（主編）《劉克襄精選集》（臺北：九歌，2003）。
- 劉克襄，《野狗之丘》（臺北：遠流，2007）。
- 劉克襄，〈遭遇曙鳳蝶〉，載於吳明益《蝶道》（臺北：二魚，2010），頁24-30。

第三章

水 Eaux

水的詩學

二〇〇三年出版散文集《蝶道》和《虎爺》後，吳明益沉寂了四年沒有新作問世。當時他從中央大學取得中國文學博士學位，而後又至東華大學華文文學系任教[57]。二〇〇六年，因不適應學術界生態，吳明益決定辭掉教職，最後校方同意讓他請假一年，專心寫作。

他在二〇〇七年出版了兩本書，分別是小說《睡眠的航線》與自然書寫散文集《家離水邊那麼近》。

《家離水邊那麼近》是吳明益在臺灣東部行走探索的紀錄與隨筆。一如過去的散文作品，這本書中也以豐富的文學、哲學和歷史引用，集成一部動人的「水鄉誌」。他在先前的作品《迷蝶誌》與《蝶道》中深入探討了棲地的詩意，從在地和獨特的視角出發外，更延伸到普世的維度。《家離水邊那麼近》一書共分為三章，第一章名為〈家離溪邊那麼近〉，寫美崙溪（Fancaiwan）、七腳川（Cikaosan）、花蓮溪（Ta-Ra-Wa-Da）、木瓜溪和加農溪（Ga-nang-nang）[58]；第二章為〈家離海邊那麼近〉，寫大海、太平洋與臺灣沿岸；第三章為〈家離湖邊那麼近〉，寫花蓮的湖。

吳明益藉這本散文集的代序，再次說明他的書寫不只是單純的美學或科學：「我並非意圖寫一本關於記錄的書，而是一本關於思考與想像的書」（〈Water and Walker's Blues　代序〉，《家離水邊那麼近》，頁9）。

如此一來，吳明益便是把這本散文集定義為詩學的嘗試了，政治反思也因此成為寫作的目標之一。除了回應水做為資源或生命基本元素相關的問題外，他也自歷史、地理和文化等角度切入書寫（〈我以為自己到了很遠的地方〉，《家離水邊那麼近》，頁6-24）。這一節將通過吳明益以水為主題的書寫，嘗試建構他對水文與政策的看法，二〇一一年他參與溼地反國光石化運動所做的努力就是最好的說明。

流水

吳明益在一篇臺灣河流研究的文章中寫道：

> 河流常在人類社會中被視為地界（河分隔兩岸，在文學中則引喻為「界

線」），而正如赫拉克利特斯（Heraclitus，約 535-465 BC.）的名言「你不能兩次踏進同一條河流」，河流時刻流動，因此具有「非定著」、「時間性」的隱喻存在；再者，河流不像海洋意味著沒有邊際的浪漫，河流有著源頭，而且終究能找到源頭。（〈且讓我們蹚水過河——形構臺灣河流書寫／文學的可能性〉，《自然之心——從自然書寫到生態批評：以書寫解放自然 Book 3》，頁 242-243）

事實上，並非所有人類社會都將河流視為邊界，然而，除卻此念，這段文字還是可做為作者對河流想像最好的註解。周序樺在一篇研究吳明益自然書寫的文章中提到，在他的蝴蝶書寫中可以看出自然充滿「變的環境美學」（an aesthetics of change）[59]。這一概念跳脫了傳統上將自然視為固定背景或發展主義歷史工具的習慣。周序樺認為吳明益的荒野「蘊藏了道家的思想，象徵大自然生生不息」，一切都是過程、變異甚至不易察覺。儘管吳明益和道家思想間的確有著某種聯繫，但也不得忽略這裡他引用的是赫拉克利特斯（「沒有人能踏進同一條河兩次」）、李奧波、希臘神話、臺灣原住民神話和佛教的無常，未曾提及莊子和老子。雖然以此推翻道家的影響有失公允，但吳明益本身也從未以承繼中國古典文學的作家自居。

自以下幾個段落可看到，無論是自水文或水的寓意切入，水的波動和多元貫穿了整本散文集：

做為一個流動的世界，一條河是一面鏡子，她反映了兩種演化途徑，水面上的以及水面下的，來喝水的或是想照見自己靈魂的。（〈我以為自己到了很遠的地方〉，《家離水邊那麼近》，頁24）

真正走過一些溪流後我才知道水道其實不是以前課本上所畫的那個固定的線條，很多人喜歡將水的流逝拿來比喻時間的流逝，但我有時候想說不定水道本身更適合做為時間的喻依也不一定。（〈水在土地上輕輕擺尾，把一切藏在河灣之後：Fancaiwan〉，《家離水邊那麼近》，頁35）

全世界的溪流在源頭處都隱藏著一股巨大的力量，那裡有無限的可能性，有時地震或颱風之後，水甚至可能從另一個地方冒出來。溪的出海口則每天因為水流從山上帶來的砂石堆積，又同時受到海浪的衝擊，因而有時伸長些有時縮短些。溪流並不只是流動的水，她還是流動的泥沙、流動的石頭，以及流動的生態系。沒有一條溪流像地圖上那個僵硬、不可更移的幾何圖形，溪流每天生長、堵塞、漫衍、沉積。溪流遠比我們可以測量到的長、深、曲折，而秘密。（〈我以為自己到了很遠的地方〉，《家離水邊那麼近》，頁18）

河流在吳明益的筆下並非邊界，而是一條通道，一個由流水相連的網絡。河水就像輻射光散射而觸及各個空間，正如《睡眠的航線》中三郎夢境裡的河流經由隧道通往各處（《睡眠的航線》，頁115-117）。

因此，河流或海洋不只是地質科學上恆久變動且難以預料的象徵而已。吳明益在《蝶道》中回溯臺灣島的形成和斷斷續續的板塊移動，強調福爾摩沙在湧動的力量上接受時間的考驗（〈行書〉，《蝶道》，頁242）。

地景規劃師克萊門曾談及地景持續變動的特性：「事實上，由於景觀總是處在變動的狀態。畢竟生物是組成景觀的重要元素，牠們會改變景觀的樣貌。所有的生命都是動態的，時時刻刻都在創造新事物」（Clément, 2008：30-31）。因此，不只是水，就連地方和生物本身都受波動與任性的時間影響：

> 如果你說我們的身體是一座具體而微的海洋，我不會認為那只是詩人浪漫情緒的隱喻，因為我們體內確實存在著具體而微的海洋。（〈雖然我們遠在內陸，我們的靈魂卻有那不朽大海的景象〉，《家離水邊那麼近》，頁123）

這麼說來，佔嬰兒身體百分之九十七與人腦百分之八十的水不只是維持生命的基本元素而已，而是生命本身。藉由提出身體是一座海洋的概念，吳明益不只是把身體視為生態系統，更強調了生物的液態天性。他經常引用伊蓮．摩根（Elaine Morgan）經典的「水猿」理論，幫助他思考水在人類進化的過程中扮演的角色[60]。

除此之外，社會與族群本身的認同也會因為河流而變得模糊，彷彿是隨歷史的洪流漂移，河流的不確定性與不可預測性在此再度浮現：

其實孩子們一起戲水時我根本分辨不出哪個是阿美族哪個是漢人，溪水模糊了種族、貧富之間的疆域與分界線，來到溪畔的孩子脫掉他們的「社會服裝」，在溪裡游水或打水漂。（〈水在土地上輕輕擺尾，把一切藏在河灣之後：Fancaiwan〉，《家離水邊那麼近》，頁38）

最後，吳明益引用了波赫士的詩〈是那長河大川〉：「我們是光陰。我們是／高深莫測的赫拉克利特的那著名寓言」（〈九百七十四〉，《家離水邊那麼近》，頁194），為此思路作結。

水——人類

吳明益筆下的河流稱不上平靜與和諧，他記錄的是傍水而居的臺灣原住民歷史。以〈柴薪流下七腳川〉為例，文中敘述了一八七八年發生的加禮宛事件。當時因清軍「指營撞騙、按田勒派、詐索番銀」等惡劣行徑，引發噶瑪蘭族與撒奇萊雅族結盟抗清。然而清軍的鎮壓猛烈，兩族幾近滅絕，生還者只能無奈遷移至Cikasoan[61]邊，與邦查族人混居。

在〈憶祖與忘祖〉一文中，他也談賽德克族抵抗殖民勢力，沿木瓜溪遷徙的歷史，藉此闡述今日原住民族群面臨的外來威脅，包括文化同化、土地侵佔、森林濫砍與河川汙染等問題：

如同曾飽受壓迫的美洲原住民一樣，武力抵抗入侵族群的時代已經過去了，原住民現在必須思考的是經濟與文化的抵抗策略。他們開始投身於爭取自己對土地以及自然資源的權利。溪流、森林和土地也許不是原住民的，而是所有寄居其上所有生物的，但如果能交給這些比工商業社會更相信、了解這點的原住民，必然要比政府機關全權主導要來得有效。（〈憶祖與忘祖〉，《家離水邊那麼近》，頁83）

吳明益對原住民自主的支持是不言而喻的，然而，他的支持與其說是對土地根深柢固的依戀，不如說是出於對自然空間與當地居民的尊重，整部作品也反覆提起他們的歷史。

事實上，《家離水邊那麼近》中也寫世界各地的水、溪流、湖泊和海洋的觀察與研究。

閱讀這些與空間關係相關的敘述時，讀者走進了懷特（Kenneth White）所謂的「地緣詩學」（géopoétique）之中，自「歷史、文學、科學和哲學等角度欣賞這首詩，豐富一地的地形學」（White, 1994）。作家把水資源引發的傳統生態問題放到關於棲地的文化與文學之中檢視。書中多次提及臺灣和美國原住民族群如何看待水與水生生物，強調「傳統生態智慧」[62]：

不論是印地安人、達悟人、阿美人，魚對他們而言都不只是獵物、食物，還同時意味著一種季節韻律，一種賜予，一種想像與對自然的信任、感謝或畏懼。（〈水在土地上輕輕擺尾，把一切藏在河灣之後：Fancaiwan〉，《家離水邊那麼近》，頁32-33）

這樣的言論儘管放在文學作品中仍然是有風險的，容易把社會行為擺在永恆的當下看待。人類學家安薩爾（Jean-Loup Amselle）即認為「原生性（autochtonie）並非必然的特質，而是權力角力的結果，最終將成為統治與被統治關係的投射（……）社會行動者在地化、原始化的嘗試，最終會把自己置於國家的眼皮之下，就某種程度而言，就是回到幼兒狀態（infantiliser）」（Amselle, 2010：144-145, 231）。吳明益以生態學之名呼籲將土地責任轉移給原住民，與盧梭（Jean Jacques Rousseau）「高貴的野蠻人」的說法相似，認為原住民應與自然相親，遠離科技、生產效率和私有財產等文明人的特質。這種想法無可避免地忽略了同一族群內的各別欲望，換句話說，也許並非所有阿美人都希望得到土地自主權。

雖然從《複眼人》和其他作品中可以看出吳明益仍保有一部分原始主義的思維，但自他竭力梳理與反思臺灣原住民族群在歷史上發生的悲劇來看，他跟隨的並非傳統上天真的原始主義。他在討論阿美族的捕魚祭時這麼說道：

> 但可以預見，未來的觀光客和阿美孩子，記得的將是另一種類型的捕魚祭。或許這無關對錯，我們不能要求阿美人永遠活在過去的時光裡，一條溪流也不可能永遠在「過去」流動。（〈水在土地上輕輕擺尾，把一切藏在河灣之後：Fancaiwan〉，《家離水邊那麼近》，頁34）

在〈像野火一樣 Ga nang-nang〉一文中，吳明益記錄了他和太巴塱部落的阿美族詩人阿道・巴辣夫一起踏查嘎啷啷的過程。相較於幾位前輩（Sterk, 2009），他把原住民的社會行為和宇宙觀放置在開放的當代文學和元文本中對話，而不是以幻想的原始主義來投射。比起社會現實，《家離水邊那麼近》這本散文集中更多的是水的想像（文學和神話）。例如〈虛構時代〉一文中，他便提出了不同文化、不同時代的神話與文學對海的想像，甚至引用古希臘神話、老普林尼（Pliny the Elder）的《自然史》、《舊約聖經》、《山海經》、波赫士的《想像的動物》（*El Libro de los Serse Imaginarios*）、莎士比亞和梅爾維爾（Herman Melville）的作品，還有媽祖，以及阿美、賽夏、排灣等族的祭典等。這樣的散文書寫並不是單純列舉與海洋想像相關的故事而已，更是將海洋抽離純粹的地理場所（topos），視之為理型的存在（chôra）（Berque, 2000：44）。

而水也是牽引和承載記憶的載體：

> 她（瑞秋・卡森）會說海的記憶是一種集體記憶，留在地質變動與演化的每一項細節上；留在魚族、軟體動物、海流、或一枚石頭上。

岩理就是石頭的記憶。（〈雖然我們遠在內陸，我們的靈魂卻有那不朽大海的景象〉，《家離水邊那麼近》，頁120）

《單車失竊記》中的水便保存了人類歷史悲劇的痕跡。小說人物阿巴斯被曾參與二次大戰的鄒族退伍老兵老鄒帶到神祕的洞穴潛水。這個地方是老鄒收養的白頭翁「日本兵」告訴他的，位於一棟由國小教室改造的療養院地下室，如今已被水淹沒。兩人穿上了潛水衣潛入建築物中，穿過水中的房間和廊道，突然看見奇怪的白色氣泡自牆縫逸出。而後，他們發現氣泡是由一群神祕的魚製造的，再定睛細看才知不是魚而是人，可以在水裡自由呼吸的魚人。這些魚人帶著兵器，皮膚破碎（《單車失竊記》，頁84-90）。這些被遺忘在廢墟中的幽靈生物應是戰爭下受害的農人，從未在歷史中留名。這一段文字中的水不僅是時間之流，也是這些無名生物的墳。

水—世界

從海洋的觀點來看，水不僅承載了生命與回憶，也連結了我們經常認為各自獨立的海岸與地域：島嶼。法文中的「île」（島嶼）和「isolement」（孤獨、隔離）源自同一個拉丁文字根：insula。île 即是自 isolement 延伸而來。動詞 isloer 意為斷開、分離、屏蔽，就某種意義來說，就是去除和他者的關聯。因此，也不難理解在文學或其他藝術領域中，「島」經常做為牢獄、庇護所、孤獨、牢籠或保護所的隱喻。諷刺的是，這種想像更貼近大陸的視角，而不是自島嶼和海洋的「島式」（îlienne）觀點出發。地理學家博美松（Joël Bonnemaison）談及太平洋島嶼時說道：「對島民來說，海洋不是一面柵欄，而是一條創造群島效應的道路。因此，每一座島都是彼此的接口，沒有一座島真的被海隔離」（Bonnemaison, 1991：123）。島嶼做為「接口」和「通道」的想像正是吳明益生態詩學的核心。

《睡眠的航線》（「航線」一詞也與海洋相關）中說到臺灣少年工在二次大戰期間到日本兵工廠工作的歷史，其中海洋即是這段敘事的母題，代表了年輕的三郎被迫走進全球衝突的痛苦：

三郎雖然出生在海島，但他的家是在一個看不到海的地方。三郎坐船前曾經多次努力想像過真正的大海，但真正的大海卻又是不能想像的……

現在三郎正在適應大海，他的眼睛正逐漸把陸地上的視感調整為海洋的視感。海洋如此多變、深沉，充滿想像力的海流每時每刻都處在絕不相同的運動中。

（《睡眠的航線》，頁24）

小說的結尾是另一場全球災難：二〇〇四年的印度洋大海嘯。海洋是這場災難的要角。在這一次的苦難中，海洋就像是連結地方與世界的通道，無論是個體或集體的命運都被海洋串起。這樣的意象在《複眼人》中也有卓越的呈現。

《複眼人》的故事發生在很近的未來，以瓦憂瓦憂島的原住民少年阿特烈和臺灣作家阿莉思的命運為中心展開。阿特烈出海後，被捲到即將撞上臺灣東海岸的神祕島嶼，因此遇見了阿莉思。這座神祕的漂流島事實上是一塊巨大的垃圾島，今日我們稱之為「垃圾渦流」。渦流引發了連鎖效應，造成的後果不只影響到臺灣，來自四海八方（德國、丹麥、挪威、智利）的共同體都浸入了這碗侵襲臺灣的垃圾湯之中。海洋在此又代表了世界，小說中的角色如阿特烈、阿莉思或來自挪威的海洋生物學家莎拉等人，都在這場生態災難中看見了一個命運相連的群島星球（planète archipélique）。莎拉的父親以獵海豹維生，而後加入反屠殺海豹組織，而她自己也在意識到海洋不是任何國家的領土，而是世界居民的公共領域後投身生態保育運動。不懂世界地理的阿特烈在漂流多時後，開始懷疑島正在接近一個「後世界」或「另一個世界」（《複眼人》，頁 44, 158）。阿特烈和瓦憂瓦憂島人都認為世界是一座島，但在被沖到臺灣東岸後，海洋上的垃圾渦流讓他明白，世界事實上是一個集塊（agglomérat）。世界的空間其實並不是由地理學或地質學改變，人類的經歷才是讓島嶼網絡產生變化的原因，而臺灣在此扮演了重要的角色。

吳明益認為臺灣長久以來把自己視為「大陸」或「牢籠」，因此夢想著將大海變成寓所，不再是彼此的疆界，是會遊走、行旅、交會的線條。線條之間的文化認同只會自關係出發，想像能夠連結每一條地平線，並把破碎的島嶼土地變成一個單一且巨大的群島。

《單車失竊記》的大寫歷史和小寫歷史都在水與水之間、島嶼與島嶼之間流轉。小說的最後一章，敘事者作了一個神祕的夢，夢境中，他穿越了所有小說中人類與非人類角色的命運（就連來自《睡眠的航線》，在這本小說中隻字未提的三郎也出現了）：

我騎進溪的底部，世界上所有的溪和溪都是相通的，每一條溪的底下都有無數化為魚的人在那裡游水、徘徊，吐出這一生吸氣總和的細微泡泡，那是他們的靈薄獄。我濕漉漉地從溪流裡騎出來，從特莉沙正在洗臉的那條溪流騎出來。那是我們第一次的野外約會，她帶著迷惑、戒心，以及被動的期待。我在那個「林空」裡吻著她，子彈從我們耳朵旁與身邊呼嘯而過。我灼熱的陰莖進入她的身體，而她的身體卻漸漸變得冰涼了。因為我只是個孩子。

拋下她的我的腳仍在踩動，就那樣鑽進充滿角閃石的山脈岩壁裡面去。我聽到一個聲音說所有溪流的根源都在這裡，所有的骨灰甕也在這裡。（……）我隨著蝴蝶飛行，牠們毫無目的地朝大海飛去，那裡所有的沉船都從大海浮起，其中一艘上頭我看見少年三郎正在甲板上嘔吐，那是他胃裡僅存的故鄉的食物。

我隨著親潮向南而騎，車子在洋流的漩渦裡打轉打轉進入另一道洋流，我騎上一座島嶼就像提塔利克魚，登上一座長滿了樹的島嶼，順著樹根往島的心臟騎去……

我看見遠方另一座島嶼的海岸，一個少年騎著單車從黑暗裡，從霧氣裡出現。他下了單車，在黑暗中給了我意味深長的一眼，那眼神因為距離太遠的關係，我直到二十年後才收到。他慢慢走下黑暗的港嘴，港是黑的，海水是黑的，眼光也是黑的。（《單車失竊記》，頁 380-382）

他對水和島嶼的奇幻觀點令人想起了作家巴舍拉（Bachelard）對水和夢境的想像。巴舍拉認為現實透過夢呈現它複雜的一面：「我正是在水邊才最能體會到夢是宇宙散出的。透過作夢的人為中介，才能從事物中逸出氣息」（Bachelard, 1942 : 11）。

吳明益對河流、湖泊和海洋的詩意書寫，傳達了地方的普世價值。他堅信每一片土地都無法輕易畫出邊界，而水和一切相關的歷史、詩學、政治和生態問題都將滲透其中。

水的政治

臺灣的生態議題與環境主義

張長義在與Jack F. Williams合著的《臺灣的環境困境：邁向綠色矽谷》（*Taiwan's Environmental Struggle: Toward a Green Silicon Island*, 2008）一書中，梳理了臺灣幾十年來的環境運動發展，並概述造成臺灣環境問題的三個主因：一、人口密度過大；二、經濟轉型速度過快、規模過大（工業化、都市化、大眾消費型態轉變）；三、四十年來採取專權統治的政府以經濟發展和資源開發為優先，犧牲人民生活品質與島嶼環境（Chang et Williams, 2008：1）。這些因素把臺灣和整個地區的歷史連結起來，特別「亞洲四小龍」中的香港、新加坡和南韓等國。臺灣和其他三國都在二次世界大戰後經歷了工業與人口快速成長的時期，同樣都由專權政府（新加坡與南韓）統治，並接受美國的經濟援助。

然而，國民黨在臺灣近代環境史上的特殊角色和南韓的情況不同。蔣中正的國民黨理論上以反攻大陸為目標，本就沒有長期滯留臺灣的打算，因此也並未制定保護資源與環境政策。相對的，一九五一年至一九六五年間接受美國經濟援助，中華民國能夠與中國共產黨的經濟抗衡。若以增長幅度來看，國民黨在經濟政策上的「成效」正好可以為反攻大陸的正當性背書。

自一九六〇年代起，私營企業（當時私營企業仍與政府關係密切，有如日本經連會（keiretsu））大量投入石化、鋼鐵、金屬、水泥和造紙等製造業。這些投資與當時國家「現代化」的措施「十大建設」結合，造成臺灣環境汙染，其影響難以計量（Jobin, 2010 : 50）。

這些工業政策造成的後果之一就是破壞本就脆弱的地方農業，轉而投入對工業發展更有利的集約化農業。工業發展除了影響所謂「自然」的環境和土地運用外，各種汙染也會直接傷害工人與附近居民的健康。石棉、汞和戴奧辛含量過高導致各種工業疾病層出不窮……更遑論工廠廢水處理的問題了。過去幾十年來，工廠非法掩埋廢棄物，或將廢水排入河川的問題層出不窮。根據行政院環保署環境檢驗所（TEPA，以下簡稱環保署）二〇〇三年的調查數據顯示，臺灣有百分之四十的河川遭到汙染，其中有百分之十六為嚴重汙染（Chang et Williams, 2008 : 39）[63]。二〇〇五年三月，環保署查出臺南境內共有三十五條地下管線，用來將工業廢水排入河川，其中包括汙染情況最嚴重的二仁溪。這起事件當時為政府製造了大好機會，加強法律管制與環境控制。然而，問題並未因此消失，二〇一三年又發生彰化縣電鍍廢水案，五家工廠共長達五公里的排水管影響下游稻田。此外，水汙染並不只限於河川，還有多處海洋生態也難逃其害，包括蝦、魚、海草，甚至是珊瑚礁都遭到汙染……。

核能相關的問題也是臺灣面臨的另一個環境挑戰，特別是核廢料的貯存，可惜的是本書沒有太多機會談論這個問題。無論如何，臺灣環境問題包括過渡捕撈、森林砍伐、車輛過多造成的汙染……孰輕孰重實在難以定論。而這些「地方性」的生態問題也不應該掩蓋群島面臨的區域乃至全球生態危機，例如主要影響臺灣北邊小島的酸雨（來自中國或日本），或是更廣泛的氣候暖化和海洋汙染，都是不容忽視的問題。

臺灣島的公民要等到一九八〇年代中才開始對生態問題有較深入的了解，因此第一批環境運動也在此時誕生。社會學家何明修打開當時環境與民主之間的對話，一開始環境問題的探討大多不是以保護「自然」（例如對少數族群生活方式的理解、參與環境議題的決策、反帝國主義、民族主義等）為目的，更多是政治的訴求（何明修，2006：xi.）即便是今日，臺灣群島上眾多環境與政治抗爭間的關聯，以及政治生態運動和「傳統」政黨間互動的歷史仍舊存在島民的記憶之中。

儘管過去二十年來，環境法規由於公民參與運動變得更完善，一九八〇年代末期也有幾個獨立機構成立，卻仍有公司利用當地政府的腐敗穿梭於法律漏洞間，甚至更進一步自行制定計畫案的環境評估標準。美麗灣事件便是一例，更是經濟發展重於環境保育的代表。有趣的是，環境保護團體對美麗灣建案的抗爭最主要的訴求在於文化、生態遺產的保護（特別是邦查文化），而不是公共衛生。這種反對新自由主義發展邏輯的抗爭見證了環境運動的典範轉移[64]。

另外，核能的問題因為媒體的大肆報道且涉及政治而受到許多關注，相較之下其他訴求就較為自主，媒體的能見度也低得多。究其原因，關鍵應在於影響層面限於當地且沒有立即引發災難。研究者、學者或公眾人物對能見度的影響至關重要。何明修比較美濃水庫和另一件反核能運動的過程，提出臺灣公眾人物（文學、文化、音樂等領域）的立場對社會運動有重大影響，他們表態能增加能見度、擴大宣傳範圍（何明修，2006：241-279）。

書寫與環境運動：吳明益與國光石化

吳明益的作品中經常提及臺灣當代生態問題，特別是和水相關的例子。這些現實事件在文學中的表現似乎會因為不同的文類而改變。綜合來說，散文中有較多反思，小說中則較為虛幻，不會直接點出。然而，這兩種文類都有非常多的互文表現，在以書寫處理現實問題的特色上並無二致。

吳明益在〈河口在遠方〉一文中指出，花蓮溪水道兩側的工廠和溪床上過度開墾的農田導致溪水硝酸鹽和磷酸鹽濃度過高。對此，他解釋某些藻類過度茂盛的結果會影響其他水中物種的繁殖，進而殘害以這些生物為食的鳥類（《家離水邊那麼近》，頁63-64）。一如他多數文本所寫，這種對當地生態的思考，就和人類活動與全球暖化的關係一樣，很快會發展成全球問題的探索。

吳明益偶爾也批判政府和企業家將生物和景觀做為資源買賣的現象：

> 倘若人們永遠將生命價值轉換成貨幣單位，卻遺忘與其他生命交往的能力，

終有一天，會寂寞地死去。（《濕地．石化．島嶼想像》，頁25）

但現在海的景色已經是一種可販賣的東西，它帶給擁有海景的人新的附加價值。（〈步行，以及海的哀傷〉，《家離水邊那麼近》，頁168）

上面這段文字回應了《複眼人》中的一個段落。故事中的清水斷崖被海嘯從垃圾渦流捲來的廢棄物擊打著，莎拉以鄙視的眼神看著遊客「消費」海景，驚訝於他們不在乎可悲的海岸情況（《複眼人》，頁275）。

同一篇小說中，吳明益也以嘲諷的口吻描述政客虛偽地稱讚花蓮美景的情況。而在〈步行，以及海的哀傷〉一文中，自蘭嶼回到本島的作者看到「由海島人民組織的政府」對海造成的傷害，不禁批判以「海洋國家」自稱的政治口號（《家離水邊那麼近》，頁174-176）。《家離水邊那麼近》裡有許多段落都表達了同樣的反思，他不認同地方或國家自然保育政策的原因在於，這些政策往往追求的是邏輯和利益，目的是「拚經濟」，而不是出於對其他生命的關懷。就新自由主義的觀點來看，自然保育的成本無非是一種交易投資，是為了維持系統運作，或是讓自己延續下去的方法。

小說《複眼人》中對當前生態問題的敘述最為豐富，既提及「全球」問題，例如海洋與沿岸汙染（後者即是小說的核心）、冰原鯨魚和海豹的獵殺、甲烷冰的開採、墨西哥灣的石油公司汙染；也納入了「在地」的問題，例如打通山脈的隧道（影射二〇〇六年竣工的雪山隧道）、在東岸買地又傷害風景的臺北富人、原以保護海岸不受大浪侵蝕為目的的消波塊帶來的負面影響、沿岸公路的建造（影射蘇澳與吉安之間的蘇花高速公路）、得到貪污縣長支持得以開山建設樂園的計畫、臺東一條運送核廢料至原住民部落的道路的沉沒（應是暗指核廢料貯存候選場址南田）。此外，書中也廣泛地討論了島嶼氣候的混亂，例如大幅上升的降雨量引發的洪災與土石流。

這些敘述不帶傳統主義思維（traditionalism），也不是災難主義（catastrophisme）的表現，作者透過描述當地環境的衰敗，證明生態危機對群島的「慢暴力」（slow violence）[65]小說中還提及芳苑鄉的石化開發，當時阿莉思的阿嬤就住在那裡：

> 小時候母親回娘家的時候，阿嬤常帶著阿莉思去收蚵仔。她會把蚵架上的

蚵仔剝下來，放進粗編麻繩袋裡，然後一袋一袋放上牛車。（⋯⋯）

那時候已經有家石化工廠在南方的另一個村落造陸進駐。石化工廠蓋好了以後，阿嬤的蚵田年年淤積，海上偶爾浮著一層油，天空總是霧濛濛的。（《複眼人》，頁166）

回到阿嬤家的那幾個小時內，阿莉思回想了她的死亡。當時年邁的老婦受肺病和腎臟病所苦，而這兩種病症正是新的石化廠建成後，村內的人最常見的死因。對一本記述了無數生態問題的作品來說，這件事看似微不足道，事實上卻事關重大，作者本人也積極投入反對這起開發案。這裡說的就是在彰化縣芳苑鄉旁的溼地建設石化廠的案件，以下概述該案。

前文曾提及，臺灣的石化產業自一九六〇年代興起，與當時的國家建設並進。石化業最初為國營事業，由當時的臺灣中油專營。直到一九八六年，台塑才獲准興建第六套輕油裂解廠（六輕）。六輕的建設在當時引發環境保護團體抗議，標誌了島上的石化產業首次遭到質疑。

二〇〇五年，由經濟部所屬的中油和民間企業投資組成的國光石化宣布斥資興建八輕，並選定雲林臺西進行開發。國民黨籍的縣長最初對此案表示支持。然而，二〇〇五年民進黨籍縣長當選後要求台塑必須遵照相關法規進行此案，最後因未能通過環評而暫停。二〇〇九年，國光石化提出北移方案，將佔地四千公頃的工廠遷至臺灣最大的溼地，即位於濁水溪溪口，介於大城與芳苑間的地區。當地政府（國民黨）積極推動這項建設，並視其為重大經濟投資，將能維持乙烯產能，支援生產塑膠。支持者亦宣稱，興建該廠將能開出近萬個職缺，振興當地經濟。由於屬於國家工業發展計畫，國光石化雖為民營事業，仍得到政府大力支援。

這項決定引發了當地居民和各方環保團體的反抗，原因之一為該計畫將對當地動植物帶來極大的災難，特別是本就瀕危、後來也成為反抗運動標誌的中華白海豚。除此之外，還有對當地養蚵業的影響，以及工業用水的抽取和地層下陷等問題，更遑論有毒氣體和廢水排放等公衛問題了。

當時起身反抗的群體包括當地居民、養殖業工人和來自全臺各地的環保組織，甚至得到來自政治圈的支持，包括以環保為訴求的政黨和民進黨籍立委。新聞界、學術界和文化界也沒有置身事外，例如樂團拷秋勤、身為作家和導演的小野、詩人吳晟和吳明益都在其列。

當時政府在社會輿論壓力下開始對國光石化施加壓力。環保署要求為白海豚留下迴游廊道，並以二氧化碳零增量為目標，改善基礎建設。這起開發案最終因為國光拒絕建設廊道而終結，總統府亦於二〇一一年四月宣布不再支持該案[66]。然而，雖然無法落腳臺灣，前經濟部長施顏祥仍宣告考慮外移馬來西亞。

二〇〇八年至二〇一一年間，許多重要人物都在《自由時報》、《人間副刊》、《生態台灣》季刊或網路上發表社論、研究、詩或短文談論此議題。

二〇一一年，長期投入反抗運動的吳晟和吳明益將所有反抗文字匯集成書，並將利潤捐給抗議團體。該合集中收錄了多種文類曾刊載與首次刊載的文字，包含示威期間的歌曲和劉克襄、宋澤萊等作家的詩集與短文和攝影作品（其中一些為吳明益拍攝，但大多來自柯金源）。

吳明益在編者序〈沒有旁觀者的時代〉中回溯了八輕事件的歷史因素，自一九五〇年代國民黨扶植工業、美國恢復經援、以國家資本為主的美式經濟策略等脈絡談到近來對島嶼環境不友善的工業政策。

除此之外，序言中也談及成書的背景與知識分子在環運中的角色：

（像我這類的人的）責任就僅止於躲在望遠鏡後面，躲在文字的叢林裡，然後揮揮手跟後來者說：這世界真美好，或這世界真糟糕，然後就能繼續安穩、無愧地寫作下去？

過去或在這類事件中選擇旁觀的「知識分子」，終於與原本長期關心的環運人士，結合成一股思維既縝密又基進，行動卻溫和、理性的反國光石化力量，讓弱勢地方民眾的聲音不再孤獨。

海終有一天會將她無法消化的物事，重現在我們的餐桌上。我們得想辦法，捏熄那個始終在島民瞳孔中，熊熊燃燒的恐懼。

因為，人類越理解我們所居住的地球是一個複雜的運作體系，就越證明此刻是一個沒有旁觀者的時代。

沒有旁觀者的時代。（《溼地．石化．島嶼想像》，頁3, 5, 6）

這段話有幾點值得注意。首先是生態問題無處不在。做為生態系統，我們無法劃出一條界線，把生物、政治甚至是經濟等範疇切開，只以旁觀者的角度「置身事外」。這個觀點是對知識分子的角色提出質疑。面對過去或在這類事件中選擇旁觀的文字工作者，吳明益呼籲這些人與社運人士站到同一陣線，換句話說，就是要「政治化」（politisation）。這一觀點不只針對美學的言論，更是美學本身，直接否認「去政治化」（apolitisme）或「為藝術而藝術」的主張，可見吳明益認為（更有發言權的）知識分子和一般民眾間的距離會導致文化菁英享有發聲優勢。他在二〇〇三年所寫的散文中，也曾思考文學作者與思想家應摸索一種異於經濟學家的新法則來對待森林（〈言說八千尺〉，《蝶道》，頁220）。

這種「介入文學」並不是第一次出現在臺灣文學史上，知識分子介入社會議題的情況經常在鄉土文學中出現（詳見第四章），對二十世紀末臺灣的環境主義詩人和作家影響極深，曾貴海即是一例（曾貴海，2001：154）。這種同時擁有作家、教授[67]和介入公眾事務的知識分子等多重身分的情況其實經常在中國傳統文人的身上看到，就連一九一九年參與五四運動的知識分子，與一九三〇年的臺灣漢族仕紳等極力與傳統儒家謹言慎行的護道者形象撇清關係的文人，也都帶有這般憂國憂民的使命感。

不僅如此，吳明益的書中也可以看到把生態批評寫作視為倫理（行動的知識）的思維：

> 生態批評顯然不只是文學研究，它同時需要科學研究、價值體系的支持，但它卻也不是鹵莽的道德判斷。好的自然導向文學都不是以道德教訓為出發點的，相反地，它可能只提出了一種對抗性的主張，凝聚另一種意識。（《臺灣自然書寫的探索 1980-2002：以書寫解放自然 Book1》，頁 6-7）

他在《蝶道》的後記中透露了這種以主動取代被動的書寫意圖，彷彿預告了反抗國光石化的運動：書寫才是觀察的終結（〈衰弱的逼視——關於《蝶道》及其它〉，《蝶道》，頁 278）。

因此，無論以什麼文類呈現，作家的任務便是想像。吳明益在國光石化文集的編者序中就提到，收錄的文字不是做為反抗的標語，而是要去想像可能的未來：「而這本書的每個短句，都含有對島嶼未來的想像」（《溼地．石化．島嶼想像》，頁5）。這句話即呼應了書名，為這本書定調：抵抗也意味著產生新的想像與實踐方法。

此外，吳明益在另一篇文章中也提及「搶救」溼地的計畫。該計畫為數個協會在二〇一〇年發起的公益信託，由民眾認股購買國光原本建廠的預定地。目的在於透過民眾募資，最少買下一塊溼地，為白海豚留下廊道，若有可能再進一步買下整塊地區。當時環保團體預計以每平方公尺一百一十九元的價格要求政府將地賣給大眾（即緊急救難號碼一一九）。該計畫最終募得二百萬股，約價值二億三千八百萬元新臺幣，然而因法令與程序不夠完備，最終未能成功。

二〇一〇年三月，吳明益在原本發表於《中國時報》的文章中為此計畫大聲疾呼：

如果你不想要這塊地（可大可小，可以是芳苑，可以是七星潭），請賣給我們好嗎？這個「我們」是複數，是責任，是環境信託裡最重要的精神。如果政府要把我們的島變成毒物集散地，變成大家不願生下孩子後，讓他們生活在這樣價值體系下的島嶼……請賣給另一群價值觀的人，讓他們經營看看。讓他們有機會取代像王永慶這樣被政府與財團過度神化的價值體系，或許，就從芳苑這塊臺灣最大的泥灘濕地開始，好嗎？（〈如果你想毀棄這塊土地，請賣給我們好嗎？〉，《溼地．石化．島嶼想像》，頁 189）

吳明益在此表現出的生態保育行動主張並不限於對破壞生物棲地行為的譴責，也展現了對全民參與政策和重塑整體價值的渴望。編輯這本書的目的並不只是單純把相關的文章集合起來而已，更大的目標在於透過各種文類把想像的定義最大限度地延展開來。這些文字包含報導、歌曲、詩、散文、事件紀錄或替代的方案等，反抗公有財產的私有化。在這些環運中，作家並不是高高在上的發聲者，而是一個想像的工作者，致力於讓作品成為反抗的表現之一。

57 吳明益曾私下與我聊到，當時他只申請了兩間大學的教職，一是東華大學，二是臺東大學，除了的地理位置外，更因當地依山傍水且離原住民部落不遠。

58 吳明益刻意保留當地原民對河川的稱呼（同時也以此為各篇文章命名）。

59 （譯註）這個名詞出自周序樺和顏正裕的譯文，參考資料來源 https://reurl.cc/55RvWv。但這篇譯文未出版，且原文引用為英文版，所以保留原本的引用資料。

60 這一具爭議性的理論提出近代人的特徵（毛髮脫落、調整呼吸頻率、用兩足行走）是源自他們對潮溼或水中環境的適應。

61 （譯註）七腳川為 Cikasoan 的音譯，根據吳明益的說法，歷史上曾有過「直腳宣」、「竹腳宣」、「七交川」等紀錄，因此這裡以拼音呈現。

62 這個用法不是吳明益自創的，來自加拿大學者貝克思（Fikret Berkes）於一九九〇年代提出的著名理論「傳統生態知識」（Traditional Ecological Knowledge, TEK）：「傳統生態知識是一組知識、實踐，與信仰的累積體，透過文化的傳遞在演化與適應的過程中漸次傳給下一代」（Berkes, 1993）。

63 河川裡的廢水不只來自工廠，也有畜牧廢水，特別是養豬場。

64 除了政治操作外，艾茉莉（Fiorella Allio）也說明了近年來社會公民傾向保護文化與風景遺產的行為，認為這是「區別身分認同與主體重要的過程，也是參與全球命運且受到國際認可的跳板」（Allio, 2008：118）。更多關於美麗灣事件的討論，可以參見 Gaffric et Heurtebise, 2015a。

65 慢暴力指的是一種正在慢慢發生卻又看不見的暴力，一種會在時空中擴散的延遲性毀滅暴力，一種根本不會讓人覺得是暴力的耗損……相較之下較為隱蔽的慢暴力會為呈現方式、敘事和策略帶來挑戰（Nixon, 2011：2）。

66 時任總統的馬英九於四月二十二日南下探訪溼地，同時宣布不再支持該案。然而當時的反對黨宣稱這項決議最大的目的是為幾個月後的總統大選打算。

67 和其他作家如參與環保運動的奈及利亞作家薩羅—威華（Ken Saro-Wiwa）（一九九五年遭政府處決）、被補入獄的中國作家譚作人和圖博作家攝影師工卡次仁（音譯，Kunga Tseyang），甚至是因參與環運而遭控告的印度作家阿蘭達蒂·洛伊（Arundhati Roy）相較之下，公務員的身分對他而言可以說是一份「保障」。

參考書目

- Allio Fiorella, « La nature et sa patrimonialisation à Taïwan », Géographie et cultures, n° 66, 2008, p. 97-119.
- Amselle Jean-Loup, Rétrovolutions : Essais sur les primitivismes contemporains, Paris : Stock, 2010.
- Bachelard Gaston, L'eau et les rêves : essai sur l'imagination de la matière, Paris : José Corti, 1942.
- Berkes Fikret, "Traditional Ecological Knowledge in Perspective", in Inglis J.T.（ed.）, Traditional Ecological Knowledge: Concepts and Cases, Ottawa: International Program on TEK and International Development Research Centre, 1993, p. 1-9.
- Berque Augustin, Écoumène : Introduction à l'étude des milieux humains, Paris : Belin, 2000.
- Bonnemaison Joël, « Vivre dans l'île : une approche de l'îléité océanienne », L'espace géographique, n° 2. 1991, p. 119-125.
- Chang Ch'ang-yi David and Williams Jack F., Taiwan's Environmental Struggle: Toward a Green Silicon Island, London and New York: Routledge, 2008.
- Clément Gilles, Toujours la vie invente : Réflexions d'un écologiste humaniste, Paris : L'Aube, 2008.
- Gaffric Gwennaël et Heurtebise Jean-Yves, « Mouvements sociaux et éco-hétérotopies. Une analyse structurale des

mouvements sociaux taïwanais entre 2011 et 2014 », Écologie & Politique, n°52, 2015a, p. 127-142.

- Jobin Paul, « Risques et protestations dans la "Green Silicon Island" », Perspectives chinoises, Vol.3, 2010, p. 50-68.
- Nixon Rob, Slow Violence and the Environmentalism of the Poor, Cambridge, Massachusetts and London: Harvard University Press, 2011.
- White Kenneth, Le plateau de l'albatros. Introduction à la géopoétique, Paris : Grasset, 1994.
- 何明修，《綠色民主：台灣環境運動的研究》（臺北：群學，2006）。
- 吳晟、吳明益（編），《濕地．石化．島嶼想像》（臺北：有鹿文化，2011）。
- 曾貴海，《留下一片森林：從衛武營公園到高屏溪再生的綠色行動反思》（臺中：晨星，2001）。

第四章

鄉土 Terroirs

從鄉土到後鄉土

鄉土文學源自一九三〇年代，到了一九七〇至一九八〇年代再度掀起熱潮，一九七七至一九七八年間甚至爆發了今日所謂的「鄉土文學論戰」。該論戰可以從幾個因素切入探討，包括當時的文學界氛圍、島嶼社會環境和地緣政治等，若欲一一盤點，可能得花上很大的篇幅，這裡暫不深入討論，僅介紹幾位重要的鄉土文學作家與他們的書寫[68]。

鄉土文學運動主張回歸現實主義，扎根土地與臺灣歷史。由於不滿一九六〇年代現代主義過度西化的書寫，一些作家如王拓或陳映真等人決定寫作更接近社會底層（特別是農民）的激進文學。面對現代主義詩作和小說的「去政治化」（apolitisme）（或者「去政治行動」〔amilitantisme〕），鄉土文學的支持者圍繞張誦聖所說的三個目標展開反抗：第一，破除大陸人掌控的國民黨政府所塑造的政治神話；第二，譴責資產階級資本主義（bourgeois capitalism）的社會價值觀；第三，向以現代主義文學運動為表徵的西方文化帝國主義宣戰（Chang S, 1993 : 81）[69]。

儘管如此，鄉土文學的擁護者仍採納了各種意識型態和文學傾向。回歸鄉土的意志雖以反對經常被視為西方帝國主義延伸的現代主義為目標，但實際上鄉土的定義仍因人而異。陳映真認為鄉土文學「和中國反帝、反封建的文學運動，有著綿密的關聯；也是以中國為民族歸屬之取向的政治、文化、社會運動的一環」（許南村，1980）。而對葉石濤來說，鄉土文學的最終目標應是超越島嶼內部經驗，強調「臺灣的特殊性」，反對「中國的普遍性」（葉石濤，1977 : 69）。這種對「臺灣特性」的追求與葉石濤的國族主義思想有直接的關聯，認為臺灣應該去中國化，重新尋找一個國家的文學，這就是鄉土文學的精神。

在尋求本土現實（特別是農民）的過程中，自然環境就成為文化認同的基礎，在中國和臺灣間劃出分界。這種拒絕西方而重新尋「根」的主張恰好與浪漫主義的環境倫理相近，認為全球化與帝國主義破壞了真正的地方感（sense of place）。兩者的差別在於，鄉土文學作家眼中的自然應與一地當下的社會經濟條件互動，而不是靜止、和諧或平衡的。文學評論家盛讚的黃春明即是這樣的鄉土文學作家。

黃春明在許多作品中把社會底層的小人物的命運與自然相連，寫出在二十世紀下半葉臺灣經濟政策影響下發生的悲劇。他筆下的故事一般都發生在臺灣農村，最常見的場景就是他的故鄉羅東。一九六〇年至七〇年間，臺灣都市化發展快速，黃春明寫出這樣的背景下不受重視的生命。故事的角色都是悲劇英雄，也是浪漫主義的反抗者，面對未知的命運，他們的生死有時和一隻無名老貓沒有兩樣，這就是小說《溺死一隻老貓》（1967）的主題[70]。小說寫的是清泉村的老人阿盛伯的悲劇。他帶領村裡的長者反抗將神聖的龍目井改建成游泳池的計畫。然而，縣長絲毫不為所動，游泳池依舊落成，絕望的阿盛伯便在落成當天跳入了游泳池溺斃。小說寫於一九六七年，已可看出黃春明後來把土地死亡的悲劇和居民的死亡連結在一起的企圖。這樣的思維也可以在二十年後的小說《放生》（1987）中看到，小說背景大坑罟就是被化學工廠和水泥廠所冒出來的濃煙籠罩的漁村（黃春明，1997 : 72）。

黃春明透過男子反抗當地興建工廠的事件，勾勒出二十世紀下半葉在官商勾結下逐漸被汙染環境的工廠包圍的鄉村景象。工廠排放廢水汙染河川，不僅毒死了魚苗、趕走了候鳥，更影響世代以來以捕魚為生的漁民生計。然而，當地政客卻從未遭到群眾譴責，「到頭來，只有一個結論，那就是『誰叫你們要住在這些工廠的下游』」（黃春明，1999 : 105-106）。透過這本小說，黃春明把他們造成的自然災難與社會混亂公諸於世。此事不容小覷，在當時的臺灣，河川汙染和漁民無法從事捕撈工作都是很嚴重的問題。根據二〇〇三年的統計，島上的一百二十九條河川中有超過三分之一遭到嚴重汙染，而造成汙染的主因便是工廠排放的廢水（Chang et Williams, 2008：39）[71]。小說另一個值得一提的是，作者點出了生態問題的曖昧之處：因稻田歸入鳥類保護區，原本長期為村莊的環境保育而抗爭的主人公一家再也不能碰觸過去可以隨心所欲取用的任何自然資源。黃春明藉此揭示了人類與非人類間複雜的利害關係，以生態保育為名做出的決策也可能造成雙方緊張的情勢。環境的苦難在黃春明筆下以道德苦難的形式呈現出來，面對資本主義發展模式對人類與環境的破壞，他在文學中歸結出了「鄉土倫理」的概念（陳建忠，2006）。

市場經濟在一九六〇至一九七〇年代間逐漸發達，社會普遍受到這種資本主義經濟型態的影響，產生負面的後果。同屬「鄉土作家」、較黃春明年輕的宋澤萊也對此感到不滿。宋澤萊在鄉土文學的領域中算是特例，他的視角具有一定的代表性，除了風格的改變外，他也採用不同文學思潮（現實主義、自然主義、浪漫主義）、不同文類（長篇小說、短篇小說、詩、科幻小說）和不同語言（華語、臺語）來寫作。例如小說〈海與大地〉的故事講的是從大陸撤退來臺的老兵和「買來」的原住民新娘，宋澤萊以近似田園文學的筆法寫出山村的景象，歌頌國軍撤退來臺前部落的和諧和原始自然的美好。

宋澤萊最具代表性的作品應是《打牛湳村》（1978）與《等待燈籠花開時》（1988）中的短篇小說。故事描述現代化經濟為農村與小鎮帶來的災難，凸顯出與繁榮大城間的落差。在〈打牛湳村——笙仔與貴子的傳奇〉和〈糶穀日記〉中，狡詐的販商滿嘴謊言，利用農民的困境騙取更多錢財。而處在經濟發展邊緣的農民過著與自然環境一起逐漸崩解的生活。

一九八五年，也就是車諾比事件前一年，完成的經典小說《廢墟台灣》是他談論核能問題的重要作品。這部「惡托邦」（dystopia）作品想像了一個由獨裁的超自由黨統治的臺灣，由於人口過剩、土地和河川受到汙染、鄉村垃圾堆積如山、核輻射外漏等經年累月的環境公害，生存空間逐漸限縮。故事發生在不遠的未來（二十一世紀初），兩位西方人類學家在二〇一五年來到島上，發現一本手記，其中記錄了五年前發生的一場大地震造成核電廠爆炸，輻射外洩汙染土地，島上人民全數死亡，島嶼也自此與世界隔離。由於一九八〇年代核能發電廠正好發生一些技術和人力問題，引發反核運動，因此小說出版時也有一些爭議。值得注意的是，小說中完全沒有提及輻射對國際社會或全球的影響，彷彿這座島嶼之上罩著透明圓頂。科學家在島嶼成為一片廢墟後五年來到臺灣，才意識到這場生態災難。這時，他們明白應該把這個消息傳到其他國家，以免他國步上臺灣的後塵。

宋澤萊的小說今日看來似乎是超乎尋常的預警，故事中寫到的災難與二十六年後的福島核災驚人地相似。然而有趣的是，當時作家只以單一國家的規模來看待這場災難。超自由黨的各項政策引發臺灣島的生態浩劫，也把這座島嶼隔離且邊緣化了。島嶼被排除在世界之外，核能與環境的問題也只在國境之內。政府以核電王國為目標，切斷了與其他國家的外交關係，並禁止臺灣人民與外界或自己的歷史有任何接觸。另外，手記中也提到美的廢棄是島嶼社會與環境問題的根源（宋澤萊，1995：50）。我們在宋澤萊的筆下看到一個曾經自然的島嶼在超自由黨的統治下遭到強暴（故事中出現多處關於性的隱喻）[72]。價值觀的墮落導致環境改變，再加上獨裁統治帶來的災難，帶出對失樂園的鄉愁。

遺憾的是，本書中沒有足夠的空間提及更多鄉土文學中談論環境破壞的作品，只能勾勒出一條在保有浪漫主義和田園寫作風格的情況下探討國家社會經濟發展的作品。比起自然景觀，鄉土文學描寫了更多文化風景，作家們以想像的投射呈現農村社會遭受的慢暴力。

這裡簡要概述黃春明和宋澤萊的寫作策略並非隨興之致，而是吳明益曾表示自己受到兩位作家的影響。他在二〇一一年博客來書店辦的華文創作展中也曾提到最喜歡的前輩作家是黃春明。黃春明後來也為《天橋上的魔術師》寫了序。而宋澤萊則在早期鼓勵吳明益創作，並邀請他向自己在一九九五年創辦的《臺灣新文學》雜誌投稿，更為他的第一本短篇小說集《本日公休》寫序。

鄉土文學一般用來指稱一九六〇年至一九八〇年間活躍的作家與作品，吳明益並不在其中，但也有論者將他納入「新鄉土」或「後鄉土」的範疇（范銘如，2008：251-290及周芬伶，2007：119-135）。范銘如以「後鄉土」一詞概括承繼「鄉土」卻在空間書寫上超越「鄉土」的文本。他認為後鄉土的脈絡始自解嚴後的新歷史研究，與後現代文學和新歷史學一脈相承，「因此它對鄉土的固有概念或敘述形式不乏嘲擬、解構與後設性反思」（范銘如，2008：252）。相對於前輩的寫實悲劇，後鄉土作家更強調鄉土的神話與傳說。

范銘如認為一九八〇年代末出現的生態意識深刻影響了文學解讀歷史的立場，同時也自文化民族主義和臺灣民主認同的角度，對自一九四五年起統治著臺灣的國民黨提出質疑。對主流鄉土論述提出質疑並納入大量後設元素後，作家對於空間的描述便不再固定不變，也不只產出單一的認同而已，而是開始與曖昧的社會文化背景互動。范銘如談及〈虎爺〉（2003）時，認為吳明益刻意把敘事結構與故事分開，這麼做的企圖不在於記錄或回望過往的鄉土，而是討論島上的族群權力關係，從民俗學者對起乩目擊者虛虛實實的採訪內容中探索鄉土本身的虛構性。

邱貴芬在《睡眠的航線》（2007）序言中也這麼說道：

> 此部小說無論在主題或形式上，都翻新歷史記憶小說創作模式，從自然生態視角度拉出一條超越個人和家族生命史的軸線，對戰爭與人類文明的進程提出其獨到的觀察與見解，開發出台灣小說創作的一條特殊航道。（邱貴芬，2007：13）

歷史中的風景

吳明益與其他「後鄉土」作家的差別在於他堅持將環境歷史融入島嶼歷史。要特別注意的是，這兩種歷史的交織不代表同意雷次兒（Friedrich Ratzel）的「環境決定論」假說。

眾所周知，這種將人民的靈魂與土地相連的理論曾為納粹的生存空間背書。環境歷史探索的是一個區域與居住其上的人類和非人類物種歷時（diachronique）的發展。然而在進入人類世後，環境史便逐步受人類主宰。

地景的改造在後殖民的歷史和文學的論述中佔有重要地位，一如薩依德所言：「反帝國主義的想像從地理環境的地位最能推測。帝國主義畢竟是一種以地理為基礎的暴力行為，世界上每個空間都因此在勘測後繪成地圖，最後受到控制」（Said, 1994：271）。薩依德以克羅斯比（Alfred Crosby）的著作《生態帝國主義：歐洲的生物擴張》（*Ecological Imperialism: The Biological Expansion of Europe, 900-1900*, 1986）做為支持理論的後盾。這本書提出（歐洲）殖民主義如何在殖民地上實現幻想，進而給當地景觀與環境留下無法抹滅的印記並造成異化（aliéné）。以此為基礎，他認為帝國的敘事和對空間的配置有非常密切的關聯。

以臺灣為例，廖新田曾探討在日本殖民脈絡下，文學、視覺藝術或是更廣泛的帝國空間配置如何符合日本對異國情調與熱帶景象的想像。「物理環境的重建是日本殖民臺灣的關鍵步驟……景觀就像一張紙，被島上政權的欲望和文化意圖編碼再編碼，藉此把現實與想像結合起來」（廖新田，2010：162-163）。[73]日本帝國並不是唯一馴化景觀以符合自己對當地想像的政權。國民黨撤退來臺後也重組了島嶼的空間，幾乎所有的地名都被改過。這些地名的改革（道路、車站、大學、公共建築、山和河川等）為民族主義的執行奠基，重新確認了島嶼的往事和未來的命運都和中國大陸緊緊相依；換句話說，就是把臺灣看作一個「微縮中國」。

景觀——並非真正的自然，而是（人類）目光投射的一塊區域——似乎是證明島嶼（後）殖民軌跡的重要因素。而對於期望以文字重構這些長期遭異化的空間的作家來說，與景觀的對話是想像後殖民（去殖民）的未來必要的過程。來自法屬圭亞那的作家哈里斯（Wilson Harris）便認為景觀不是一個單純的背景，而是證明「殖民政府創傷」的特殊證據（Harris, 1973：8）。這句話呼應了格里桑（Édouard Glissant）的觀點：「個體、群體和國家都是建構歷史時不可分割的元素。而景觀也是歷史的角色之一，必須深入理解」（Glissant, 1997：343）。對沃克特（Derek Walcott）和格里桑來說，景觀是構成殖民記憶的主要材料之一，也是殖民悲劇史中處處被迫改變的主角和受害者。

受到重創的景觀都是殖民歷史的傷疤，我們可以在臺灣的後殖民文學中找到相關的描

述。以下舉出三個例子，但這三例也不過是九牛一毛而已。首先是以華語和客語創作的作家曾貴海的作品〈殖民的幽靈遠離了嗎？〉

天空當然不會忘記
海洋當然不會忘記高山當然不會忘記
河流當然不會忘記殖民者在這塊土地上做了什麼……

我們一樣有大地有平原有高山有河流有海洋
在這裡養育了無數美好生動的生命，以及愛
我們心中所有的愛為什麼還不能擁有一個沒有殖民幽靈的世界

（曾貴海，2007：249-252）

另一首詩〈臺灣□住民〉為泰雅族詩人瓦歷斯．諾幹的作品。詩中控訴殖民政府對南島語族群的壓迫，以及對島嶼自然環境的破壞：

我是臺灣□住民
謹守祖先的告誡
護衛生養我們的大地
……
大地與人類是平等而尊重
你不能從大地上取走任何一片肌膚
人類甚至只是，大地的毛髮
關於這些，遠從歐亞陸塊的□住民
攜帶文明的頭腦卻不知敬畏大地
把樟樹從森林的心窩拔掉
剝除鹿群的皮毛穿在身上炫耀
給溪魚一條條光頭的山頭面對冬季
……

我知道我們即將消失
身份消失在變色龍戶籍法下
軀體淹沒在都市的追獵下
……
我們的靈魂將
與哀嚎的土地
一同注目、徘徊、並且安慰
承受災難的花草樹木、大地的毛髮

（瓦歷斯．諾幹，1999：114-119）

李昂的《迷園》（1991）中也有這樣的表現，筆觸和緩了些。小說中主角朱影紅的家族有座位於臺北市中心的花園，法國學者桑德琳（Sandrine Marchand）說它代表了「臺灣島的命運：原是美好的，後來以中國庭園的方式種植了自大陸運來的樹，直到一九六〇年代時再度改造成熱帶園林，那些來自大陸的樹種才總算換成了較適合島嶼氣候的樹」

（Marchand, 2009：193）。

曾貴海、瓦歷斯・諾幹和李昂追求不同的政治理想，以自己的方式寫出不同的殖民政權接續在島上造成的環境斷裂，串起土地和人民的命運。這些作家把對生物多樣性的破壞和對原生居民主權的破壞放在一起，他們以充滿詩意的方式寫出歷史對空間的影響，予人臺灣存在某種原生景觀的幻覺。和李昂不同，曾貴海與瓦歷斯・諾幹的先天論（Nativism）在對失樂園的懷舊情感中找到交集。在他們眼中，那是一塊曾經美好的樂土，隨著殖民者與帝國主義的到來而變異。這種論述也許忽略了生態系統變動的本質，陷入殖民現代性（colonial modernity）生成的說詞之中。

本書第二章談論自然書寫做為一種文類時，曾提及劉克襄、王家祥等作家也經常書寫島嶼的歷史。吳明益的作品就許多層面來說都可以和這幾位作家並列，唯其觀點似乎較少民族主義的痕跡。前文中也提過，吳明益的書寫著重歷史的哲學、倫理學反思，而劉克襄和王家祥則偏向知識性與建構主義（constructivism）王鈺婷在一篇探究《迷蝶誌》與《蝶道》的文章中檢視了吳明益如何將臺灣的歷史融入他對自然環境的觀察。其中提到吳明益借用自然的倫理觀，從群島上的蝴蝶出發，建構一個微型的臺灣史（王鈺婷，2006：103-

105）[74]。

〈國姓爺〉（2000）是具代表性的散文之一，文中敘事者（即作者）述說他到國姓鄉看棒球賽的經驗。他在途經供祀國姓爺的護國宮（歐洲人稱之為Koxinga）時遇到一隻該地區常見的小紫斑蝶，這種蝶的學名就叫 *Euploea tulliolus koxinga Fruhstorfer*[75]。這場相遇帶出了鄭成功與其子治理臺灣的歷史，吳明益更進一步整理了當時用來畫出漢族與原住民生存空間的各種政策，接著又用一整段寫下島嶼的殖民史，令人聯想到前文瓦歷斯・諾幹的詩句。

> 荷蘭人來了，荷屬東印度公司，從一六三八年起，以每年十二萬頭的速度，屠殺用深情眼眸看著人類的梅花鹿，總數超過百萬頭；她們直到倒下還不曉得為什麼自己不被允許在山林中跳躍。（……）鄭成功來了，中原移民族群漸漸掌握了島嶼的主導地位，人們得以在政治與武力的蔽護下，大量屠殺了西部平原和低山帶的古老植株，生產只為人們成熟的稻米；日軍來了，有計畫地將森林分屍、拆卸、運走，離開時留下通往林木刑場的鐵路、道路，以為見證；國民政府來了，

山脈與河道被毒斃、切割，氧氣與天空被財團勢力獨享，然後他們悲憫地付出一點利息，「保護」被自己謀害的土地。（《迷蝶誌》，頁 136）

吳明益回溯不同（殖民）政權對生態環境的破壞時，採用了較傳統的後殖民主義視角整理臺灣歷史。這種方式自一九八〇年代末起就為其他臺灣作家所用，但吳明益的切入點稍有不同，他寫的不是人的歷史，而是地方的歷史。這篇文章的另一個觀點也和〈柴薪流下七腳川〉一文有相似之處，透過蝴蝶學名和福爾摩沙的鄉名和小廟名稱，兩篇文章都批評了為地方與生物學重新命名的做法：

> 日本人遂把自己家鄉溪流的名字，放到千里之外這個小村莊的身上，用來治療他們的鄉愁。（《家離水邊那麼近》，頁 48）[76]

《單車失竊記》同樣也有以蝴蝶述說歷史的段落，其中一個支線談的是蝶畫師阿雲的故事。和父親住在埔里的阿雲也和父親一起到森林捕蝶，她有個特別的能力，憑著蝶的氣味就能分辨雌雄。作者藉這段故事講述臺灣當時極為興盛的蝴蝶貿易，同時也和日本殖民想像連結起來（《單車失竊記》，頁104-125）。

吳明益的書寫經常以日治時期為背景，無論小說或散文皆如此。〈界線〉（2000）一文節選了日本人類學家鹿野忠雄旅行紀錄為開頭。鹿野在這段紀錄中以「桃色之夢」描摹曙鳳蝶（*Atrophaneura horishana Matsumura*）的現身（〈界線〉，《迷蝶誌》，頁64-65）。這篇散文的主題與劉克襄和王家祥的切入點相似，日本帝國時代的人類學家如何想像臺灣的地理景觀。

他在〈言說八千尺〉中再度提及鹿野忠雄和江崎悌三，這一次說的是八仙山的故事。文中主要敘述原為原始林覆蓋的八仙山自一九一〇年代起因殖民政府的計畫性採伐，到了一九四五年國民政府接收臺灣時，這片山林已成「破碎林地」。戰後國府雖有意重植林地，卻不是出於環境倫理的考量，而是希望能藉此補救一九五九年八七水災時遭受的重創。吳明益認為「這就是人類歷史的一個小角落，但卻是八仙山自然史最重要的一段記憶」（〈言說八千尺〉，《蝶道》，頁217）。

吳明益對當地歷史的文學探索經常會涉及島嶼原住民族群的歷史，特別是《家離水邊那麼近》中，他自述記錄了行走臺灣東海岸與中央山脈的經歷，而這些地區正是臺灣原住民主要居住地。

他在〈憶祖與忘祖〉中比較了日本殖民政府的理番政策，以及殖民者對待澳洲原住民比動物更被忽視的治理方式（《家離水邊那麼近》，頁86）。同一篇文章中，他更自問身上的原住民血統，然而最終比起血統，他更在意的反而是「他們的故事」（同前，頁86）。

同一本散文集中另有一篇文章的主題也是帝國政府對「番人」的態度，文中談及一九〇八年至一九〇九年間阿美族對日人的反抗。吳明益藉此機會批評日本人設下「隘勇、地雷和電流鐵絲網，意圖將原住民圍困在人為邊界裡」（〈柴薪流下七腳川〉，《家離水邊那麼近》，頁46）的「理番政策」。他認為任何企圖以所有權或權力的角度佔有土地的行為都是一種殖民主義的表現，就是他所謂的「慈善的殖民主義」。對這種以人類對土地的基本權利和義務為由，同時開發／保護自然的行為就是：

征服者都假想被征服者需要被開化、拯救、教育，卻沒有想到自己也是這世

界共同組成的一份子。（〈後記　查達姆〉，《家離水邊那麼近》，頁 254）

而在〈達娜伊谷〉中，吳明益提出的問題是漢人帶來的病菌與農耕方式改變了鄒族，前者更使得鄒族喪失多數族人（《蝶道》，頁 153-154）。這段歷史讓作者想起戴蒙（Jared Diamond）在《槍炮、病菌與鋼鐵》（*Guns, Germs, and Steel : The Fates of Human Societies*）一書中對生態帝國主義的反思。書中，吳明益援引了這位作家和其他例子，用來說明外來元素（細菌、動植物）和空間與土地的重組是殖民者破壞生態、消滅人類與非人類族群的重要因素。例如一世紀前自非洲歸化本地的觀音蘭（*Crocosmia crocosmiiflora*）對翠峰湖生態的影響就是一例。觀音蘭入侵當地生境後取代了原生植物的位置。在這裡，吳明益感慨的不是這些種子遷移的自然現象，而是人類的狂妄，自以為可以為了實現對地理環境的想像而任意改變生態系統。最後，他以一句話概括了人類世下的典範：

> 在野地裡，改變是常態，只是從來沒有像人類出現後這麼快速的變動。（〈當霧經過翠峰湖〉，《蝶道》，頁 197）

幻夢般的歷史與連結歷史

小說《睡眠的航線》以兩條平行的故事為主軸展開。第一條線是活在當代的記者「我」，在陽明山的包籜矢竹開花後發現自己出現睡眠（不）規律的狀態，就此開始探索他從未了解的父親與關於他的往事。另一條故事線是第二次大戰期間至日本兵工廠生產飛機的臺灣少年「三郎」。

兩條故事線在讀者知道三郎是「我」的父親後開始有了交集。小說同時敘述了因戰爭而失去青春的父親三郎在中華商場度過的最後幾年。也許是拒絕離開最後的住所，商場拆除後，他也失蹤了。年邁的三郎重聽，經常獨自陷入回憶卻無法述說那段過往，子女也因此對他始終不甚了解。「我」則試圖透過夢境和造訪日本尋找父親的蹤跡，彌補父親的失語。父親給「我」留下的不多：一點模糊的記憶、幾封信和在丹麥餅乾盒裡找到的老相片。小說的重心在於缺席：缺席的睡眠、夢境、父親、青春年代、對話、歷史，以及生於二十世紀下半葉戰後時代的「我」來說，缺席的二次大戰。為此，「我」甚至懷疑在歷史課本讀到的戰爭，不是戰爭的歷史（《睡眠的航線》，頁198）。這一想法也曾出現在《單車失竊記》中：

一個沒有經歷過戰爭痛苦的人也可以寫彷彿他經歷了什麼痛苦的詩，而且我相信那些詩人真的感受到那種痛苦，可是我想，一定很多人的感動是假造出來的，那聲音就像經過變聲器那樣，把虛妄的憐憫改造成彷彿真誠的憐憫。（《單車失竊記》，頁155）

陳芳明認為「尋父」的過程是臺灣戰後世代歷史小說中經常見到的主題（陳芳明，2007：9）。就這一點而言，吳明益和其他書寫這段臺灣歷史的作家有著共通點，以「大河小說」為例，如鍾肇政、陳千武、東方白和葉石濤等人都曾以歷史為背景寫出大家族的傳奇，在小說中追探了臺灣人身分認同蛻變的過程（這裡指的是本省人）。《睡眠的航線》也點出日治時期臺灣少年對自我認同的疑惑，從決定離開島嶼為帝國服務而選擇了日文名字的三郎身上可以看到這種不確定性。他們坐上一艘船——做為漂浮不定的最佳載體——航向新的意義。少年的主體性在一場全球衝突中逐漸消失，最終重新安置。小說後來寫道，三郎看到挖掘防空洞的朝鮮人，開始思考他和日本人、朝鮮人的臉差異在哪裡。然而，無論是自國籍或長相來看，他都無法明確指出差異。

雖然這種擺盪在三維（臺灣／日本／中國）間的身分認同是解嚴後臺灣小說的共通點，但《睡眠的航線》的敘事還是有其特殊性，首先是極為當代的敘事觀點。一如吳明益的其他作品，「我」是一個高度後設的存在，介於敘事者與作者間的模糊地帶。這種策略直接透過文本提醒讀者，小說本身就是一種記憶的詮釋與敘事。書中的某些段落提到三郎，彷彿他是從敘事者的夢裡誕生的，而睡眠與夢境就是兩條故事線之間的過道。這個過道常以「寫到這裡時」做為開頭（第3、6、9、16和39節），接著就是甦醒或入睡，只是讀者有時會分不清這個動作的執行者是三郎、敘事者或作者：

> 夢從一個沉睡的少年的身上，靜靜移動腳步到另一個沉睡的少年身上，夢在這裡，在那裡猶疑、徘徊不去，帶來新的記憶，新的想像，新的恐懼，新的傷害與新的遺忘。

寫到這裡，我靜靜地醒過來。（《睡眠的航線》，頁45）

三郎的夢和敘事者的夢有時也會交錯，夢因此在個體，甚至是人類和非人類之間游移。小說中所有的角色，包括觀世音、敘事者、三郎、石頭或三郎的父母，都會作夢。而石頭，也就是那隻被放在遭蝕蛀的床腳下當墊腳石的烏龜，還能走入夢境解讀其義[77]。《單車失竊記》中作夢的是一隻緬甸叢林裡的大象（後文會有更多關於《單車失竊記》的討論），甚至偷瞥了日本士兵的夢。而後，牠後悔了，後悔因為一時的好奇而得承受其他生物的夢境帶來的痛苦（《單車失竊記》，頁322-323）。

吳明益對夢境的解讀打破過去歷史小說寫實與線性的書寫方式，談的是多元且渾沌的夢，敘事之中融合了記憶、遺忘與幻覺。陳芳明在《睡眠的航線》序言中有非常好的說明：

文學史上的許多歷史小說，過於強調台灣意識的主體性，也酷嗜殖民與反殖民的兩元思考，更偏愛釀造悲情的色調。吳明益反其道而行，他直接進入夢與記憶。（陳芳明，2007：8）[78]

夢境有如一條陳列著記憶與想像碎片的廊道，連結了角色彼此糾葛的命運。這種寫作手法和過去的小說相比有另一個生態問題特有的觀點：採用多種不同的聲音和視角。例如在《睡眠的航線》和《單車失竊記》中，吳明益就呈現了二次大戰期間遭火燄燒傷的生還者多重視角的觀點。過去討論島嶼歷史的論者或以中國中心，或以臺灣中心為出發點，但吳明益心想的是一個跨越國族的命運共同體，也就是以生物（人、非人）做為單位，面對二次大戰造成的悲劇。

《睡眠的航線》的確構成了一個收藏豐富、跨越時代與物種的展示廳，例如無意中被當做床腳的烏龜、囚禁在日本動物園裡的美國飛行員、觀音、沉默寡言的男孩（即三島由紀夫的化身）、對竹子有濃厚興趣的朋友或一些水生植物。其中，駕駛 B-29 的飛行員 Hap 的經歷最令人印象深刻。他被俘虜後關在上野動物園的籠子裡，身為人的尊嚴被盡數剝奪（《睡眠的航線》，頁 216）。吳明益從不同國家的視角來看個人生命的軌跡，代表著跳脱國家歷史學的大寫歷史束縛，從多元的角度去探索歷史。説完這段故事後，小説的敘事者又聯想到其他真實的歷史事件，例如漢族統治者貶低臺灣原住民身分的稱呼、納粹對猶太人的種族歧視和歐洲殖民者對美洲原住民的輕蔑。除此之外，書中還有一段日本退役陸軍少尉的故事。少尉因目睹戰友遭噴火鎗燒成焦屍而常有縱火的衝動，最後燒死了他的妻子和孩子（《睡眠的航線》，頁285）。

戰爭的暴力串起小說中所有角色的命運，如同位於觀世音心中如巴別塔般的圖書館由管線連結，或是包韃矢竹的地下莖根。戰爭帶來的後果更是這場災難的可怕之處，影響到的不只有人類，神、牛、烏龜，甚至是沒有生命的東西（潛水艇、城市、雕像、寺廟、炸戰、飛機）都因人類戰爭的瘋狂而受害，一一向菩薩祈求[79]。

景觀也是戰爭下的犧牲者。三郎的父親曾作過一個夢，夢裡的稻田長出了鐵樹，還有一團火燄燒了整個村莊，而村民用血滅了火。事實上，在規模如此龐大的災難下，所有的生命都在當下立即產生連結，一如小說的敘事者所言：「在戰爭時期，沒有東西是可以自外於戰爭的，即使是牛也不例外」（《睡眠的航線》，頁198）。就連船艦與大海本身也將散逸著戰爭的味道：

> 海的味道從戰爭開始也變得不同了，過去海充滿螃蟹味、章魚味、鯖魚群味、

礁石味、海底火山味，但戰爭開始以後海就出現了硝火與屍臭味，把其它的味道壓了下去。海雖然那麼大，但好像每一條船可以走的路線都在戰爭，在戰爭時期，即使是船也沒有輕鬆的權利，船也要面臨生死、運氣與恐懼。（《睡眠的航線》，頁 122）

戰爭改變的不只是景觀，還有人物對景觀轉瞬的感受。以記憶的形式存在腦海中的地方感因此遭到破壞，就像三郎經過曾遭大轟炸的東京、高座工廠周圍的森林、家鄉臺灣，或者更後面提到的自建成後就沒有離開過的中華商場。

在此背景下，地方之間的關係就不再是一成不變了，而是不斷地被來自內部與外部的力量重塑。臺灣也不再是名詞而是動詞，變成「一個群島，而非同心圓」（Buell, 2005 : 122）群島的特性在於彼此相連、無以測量，歷史也是如此，一如小說的書名「航線」，必須自它不同的軌跡與動態來探究。歷史之浪濺染的不是人類和國家，而是生物與非生物共同的世界。戰爭自最微小的縫隙滲透四方，唯有進入夢境的渦流才能治癒傷口。巴舍拉的話為此下了最佳註解：「夢讓我們受難，也治癒了我們」（Bachelard, 1942 : 6）。

吳明益的長篇小說《單車失竊記》也延續了這種片段的敘事方式，他自己說過，這個故事是接著《睡眠的航線》而展開。小說中也提到二次世界大戰，特別是婆羅洲與緬甸戰役中，協約國轟炸日本佔領軍的事。關於戰爭的樣貌，其中一個視角來自曾在緬甸北部森林為日軍作戰的鄒族老兵，他把這段經歷錄在一捲磁帶中留了下來。磁帶的內容除了他對自我身分的疑惑外，還談到他和克倫族的馴象師比奈在戰火紛飛之際的友誼。兩人分享了對部落的記憶和對森林的了解。比奈坦言：「即使沒有參加戰爭、閃避戰爭，我們部落的人也可能因此滅族。等到森林都被燒掉的時候，就是那一天的到來了」（《單車失竊記》，頁218）。

《睡眠的航線》裡的整個生物世界也被戰爭吞噬：河川、海洋、森林和生物，特別是日本軍隊在森林裡用作「運輸工具」的大象。吳明益用了一整個章節來寫大象對轟炸的體驗和感受，取名為〈靈薄獄〉。敘事者坐在老人市集的一張象腳椅上，發現自己被帶到幾十年前的馬來西亞叢林，像走進了一場夢般，體會大象的痛苦：

象並不理解自己為什麼被捲入這些事，象的身體、象的意識、象的經驗都沒

有給予牠們去面對這樣世界的能力。（……）

象在馴象人的帶領下，依序通過一條被火光照得發亮、漩渦處處的河流，進入對岸那片更深的叢林。牠們不安地擺動著鼻子，嗅聞四周。很快牠會發現，每一枚這種被人類稱為炸彈的東西都創造出一種新的氣味，端看它擊中哪裡，把什麼東西化為煙霧。如果炸燬的是石頭，浮起的煙塵就會發出石頭的氣味，如果炸燬的是樹，那就會產生那種樹的氣味，如果炸中的是人或獸，將會是一種全新的嗅覺經驗，被燒烤過的動物屍體沒有死亡的悲哀，反而帶著一種香氣。

但此刻象並不知道，脫離火的森林並沒有脫離戰火，沒有脫離永無止境的背負使命。戰爭並不是穿過一座森林、越過一條河流、翻過一座山那類的事。（《單車失竊記》，頁 310-311）

藉由重構歷史材料的關係，吳明益思考了二次大戰期間臺灣人在世界上特殊的經驗，同時也自空間的角度思考歷史對眾生的影響。儘管文本的核心仍是臺灣的過去，但在他的筆下，這座島不是見證一個民族誕生的封閉領土，而是星散、互聯且變動的場所。因此，地方的震盪也是構成歷史的基本材料，唯有將地理時間、社會時間和個體時間的內涵拼起，才能構成一個完整的歷史。

如同那個魂靈般穿梭在每個故事間的複眼人，小說家企圖以多重角度觀看世界，我將在下一個章節中討論這個議題。

註釋

68 關於鄉土文學論戰，可以參考尉天驄編撰的《鄉土文學討論集》（1980）。

69 （譯註）中文譯文引自該書中文版《現代主義・當代台灣：文學典範的軌跡》，由作者自譯。

70 這本書法文版在二〇一九年由法國友豐出版社出版，收錄在安必諾（Angel Pino）與何碧玉（Isabelle

Rabut）主編的《臺灣現代短篇小說精選》（*Anthologie historique de la prose romanesque taïwanaise moderne*）中。

71 黃春明的小說讓人聯想到幾年後發生的事件：二〇〇五年三月，環保署查出三十五條廢水排放管道，其中有二十一條流入二仁溪。

72 書中作者以「妓女島」稱呼臺灣（頁 59）。

73 關於帝國文學中的異國情調和熱帶浪漫，可參考日治時期在臺的日本作家佐藤春夫和西川滿的作品。

74 臺灣島上有四百種蝴蝶，其中五十種為特有種。

75 （譯註）Fruhstorfer 為一名德國商人，曾為臺灣十五種鳳蝶命名，這些蝴蝶的學名後面都會加上 Fruhstorfer。

76 關於生物命名的討論可以參見第五章。

77 烏龜墊床腳的意象可連結到臺灣道教以龜做為石柱底座。

78 陳芳惠在研究朱天心的博士論文中提到：「《睡眠的航線》提供了一個離開二元衝突的出口……避免陷入一般受害者的敘事」（陳芳惠，2012，262-264）。

79 小說第二十一節有一長段文字述說菩薩聆聽所有的祈求，包括人類、動物和物件，自士兵到嬰兒、巨木到炸彈、神社到民房（《睡眠的航線》，頁 154-155）。

參考書目

- Bachelard Gaston, L'eau et les rêves : essai sur l'imagination de la matière, Paris : José Corti, 1942.
- Buell Lawrence, The Future of Environmental Criticism: Environmental Crisis and Literary Imagination, Oxford: Blackwell, 2005.
- Chang Sung-Sheng Yvonne, Modernism and the Nativist Resistance: Contemporary Chinese Fiction from Taiwan, Durham: Duke University Press, 1993.
- Chen Fanghwey, « Temps et mémoire dans l'œuvre de Chu T'ien-hsin, une quête de la subjectivité insulaire dans le roman taïwanais après 1987 » URL : https://scd-resnum.univ-lyon3.fr/out/theses/2012_out_chen_f.pdf
- Crosby Alfred, Ecological Imperialism: The Biological Expansion of Europe, 900-1900, Cambridge: Cambridge University Press, 1986.
- Diamond Jared（賈德・戴蒙）, Guns, Germs, and Steel: The Fates of Human Societies（《槍炮、病菌與鋼鐵：人類社會的命運》）, New York: W. W. Norton & Company, 1997.
- Glissant Édouard, Le Discours Antillais, Paris : Gallimard, 1997.
- Harris Wilson, The Whole Armour and the Secret Ladder, London: Faber, 1973.

- Liao Hsin-tien（廖新田）, "Naturalistic and Distorted Natures: The Conception of Landscape in Visual Art and Surrealist Poetry in Colonial Taiwanese", Taiwan wenxue xuebao《臺灣文學學報》, n° 27, 2010, p. 159-192.
- Marchand Sandrine, Sur le fil de la mémoire : littérature taïwanaise des années 1970-1990, Lyon : Tigre de Papier, 2009.
- Said Edward W., Culture and Imperialism, London: Vintage, 1994.
- 曾貴海，《留下一片森林：從衛武營公園到高屏溪再生的綠色行動反思》（臺中：晨星，2001）。
- 許南村，〈談西川滿與臺灣文學〉，收於《文季文學雙月刊》（第六期），卷 1，1984，頁 1-11。
- 尉天驄（編），《鄉土文學討論集》（臺北：遠景，1980）。
- 黃春明，〈溺死一隻老貓〉，收於《莎喲娜啦．再見》（臺北：皇冠，2000），頁 187-200。
- 黃春明，《放生》（臺北：聯合文學，1999）。
- 瓦歷斯．諾幹，〈臺灣□住民〉，收錄於《伊能再踏查》（臺中：晨星，1999），頁 114-119。
- 李昂，《迷園》（臺北：貿騰發賣出版社，1991）。
- 王鈺婷，〈生態踏查與歷史記憶——從《迷蝶誌》到《蝶道》〉，載於陳明柔（編）《台灣的自然書寫》（臺中：晨星，2006），頁 103-125。
- 陳建忠，〈鄉野傳奇與道德理想主義——黃春明與張煒的鄉土小說比較研究〉，《臺灣文學研究集刊》

第一期，2006，頁 1-33。

- 宋澤萊，《打牛湳村》（臺北：草根，1978）。
- 宋澤萊，《等待燈籠花開時》（臺北：前衛，1988）。
- 宋澤萊，《廢墟台灣》（臺北：草根，1995）。
- 范銘如，《文學地理——臺灣小說的空間閱讀》（臺北：麥田，2008）。
- 周芬伶，《聖與魔——臺灣戰後小說的心靈圖像》（臺北：印刻，2007）。
- 邱貴芬，〈面對浩劫的存活之道：閱讀吳明益《睡眠的航線》〉，《睡眠的航線》（臺北：二魚文化，2007，頁 11-15）。
- 葉石濤，〈田園之秋・代序〉，載於陳冠學，《田園之秋》（臺北：草根，1977）。
- 陳芳明，〈歷史如夢——序吳明益《睡眠的航線》〉，載於吳明益，《睡眠的航線》（臺北：二魚，2007，頁 4-10）。

第五章

物種 Espèces

生物的命名、分類與控制

自《迷蝶誌》起，吳明益便持續關注生物分類。他以抒情的語言書寫多年來在島上對蝴蝶的觀察與理解，同時也思考生態的意義。他在作品中自述與蝴蝶結識的過程遭遇的困難。例如〈放下捕蟲網〉一文中，他提到自己曾經拿著補蟲網攫取飛蝶，以便和圖鑑比對。然而在書寫成文字時，他發現這種態度實是可悲的人類中心主義，也才明白捕捉和辨識生物並不是出乎相識的渴望，而是一種佔有慾的表現，藉由裁決他者的定位展現知識與權力的絕對關係（〈放下捕蟲網〉，《迷蝶誌》，頁 144）。

後來在《蝶道》中也有這樣的反思：「賦名是人類認識世界的基礎，也是宣誓某種自身眼光建立起來世界觀的符號」（〈行書〉，《蝶道》，頁 250）。而後，他也提到在科學革命後出現的分類學試圖以科學的方法為生物分類、命名，因此磨損了想像力[80]。

然而，再進一步檢視會發現，吳明益有時也會矛盾地認同這種系統性的生物分類法。例如提及蝴蝶時，他從來不單以「蝴蝶」二字概稱，而是寫出中文學名[81]。此外，除了正文外，吳明益提供的大量補充資料（特別是散文）大多也是以生物分類學的方式呈現。以

《家離水邊那麼近》為例，書的最後吳明益整理了十二頁內文提到的生物名錄。這些生物分成幾個類別，包括哺乳動物綱（人類與穿山甲同一類別，還有抹香鯨、高頭蝠等）、鳥綱、魚綱、甲殼綱、兩棲綱、昆蟲綱和植物。每一生物都附有精簡的介紹，除了中文和拉丁文學名外，生物的外形特徵、覓食習性，甚至是遷移地點和繁殖地點也都有清楚的說明（《家離水邊那麼近》，頁270-282）。如此看來，吳明益既質疑生物分類的系統，又同時根據這種分類原則詳述每一種生物的特性。

「生物分類學」（taxonomie）是用於描述生物特性的方法論，目的在於分出擁有同樣特性的生物類群（taxon），是關於個體鑑定（identifier）、命名（nommer）與歸類（classer）的學科。從更廣的角度來看，生物分類學有時也可以指所有以樹狀分類的系統，包括基於不可逆的人種差異而生的知識。過去殖民政府經常將生物分類的方法用於人種分類，以便為政治權威提供科學依據。劉璧榛曾以日本殖民臺灣為例，「日治時期的人類學家提供科學知識給政府，做為行政長官和警察研究治理原住民區域的方法」（Liu, 2011 : 241）。

若從自然史的角度來看，傅柯認為當時歐洲這套生物分類法十分符合十七至十九世紀間的生物科學發展[82]。在所有試圖為生物分類的研究中，瑞典植物學家林奈（Carl von

Linné）在著作《自然系統》（*Systema Naturae*, 1735）中提出的二名法最能顯示出透過一個共同的語言——拉丁文——為世界建立規則的野心。由此可知，以生物分類學為基礎的知識技術建立在一個凸顯差異和認同的普遍系統上，換句話說，就是以分類和秩序為核心。建立一套憑藉差異來分類的標準並傳授下去，這樣的做法支持了物種延續的觀點——生物聚落也如此——也參與了人類種化（speciation）的過程。

中小學、大學院校，甚至所有傳授知識的場所都是「種化的機構」（Solomon, 2013）。如同政治生態學先驅伊利奇（Ivan Illich）在《非學校化社會》（*Deschooling Society*）中所說：「學校裡有關自身、他者與自然的學習都依賴一系列事先套裝的過程來進行」（Illich, 2004：269）。伊利奇認為，學校教的是生命中「可測量」、「可算計」的層面。在自然資源日益商品化的時代，生物的價值由擁有者制定的價格決定。吳明益也有類似的觀點：

> 可惜通常先學到的不是「植物分類學」，而是「財產分配學」。他們會說，這是「我的」臺北樹蛙、「他的」深山玉帶蔭蝶、「你的」清白招潮蟹。（〈當

霧經過翠峰湖〉，《蝶道》，頁208）

傅柯、伊利奇和吳明益的用意在於探索和理解分類命名法造成的落差，亦即用來分類的詞（類別）和被分類的對象（生物）之間的距離。換言之，就是呈現出生物分類法的限制，說明詞語的專斷不足以呈現生物本身的複雜性：

> 有一天，我們或許以捕蟲網而能背誦所有的蝶名，但卻不可能結識任何一隻蝴蝶。
>
> 生命不是一個三五個字聯結起來的符號。（〈放下捕蟲網〉，《迷蝶誌》，頁144-145）

生物分類法的刻板與限制性和吳明益經常提及的達爾文革命相斥。眾所皆知，達爾文認為物種並非永恆不變的本質。這一概念意味著生物會持續不斷演化，換言之，就是會產生無止盡且不可預測的變異，抹除物種間固定的界線（Darwin, 2008）。「生態學」（écologie））一詞的發明者黑克爾（Ernst Haeckel）在《宇宙之謎》（*Die Welträthsel,* 1899）中就曾提到「自然——無論有機或無機——是在連綿不斷地進化、改變和變異中生成的」。然而，當代人按這種科學且理性的方法把生物分別歸入線性的類別中時，必然會朝（生命）政治的途徑發展。而內拉特（Frédéric Neyrat）對生命政治的看法為：「當代的生命政治涉及的範圍的不再只限於人類，而是所有的生命形式」（Neyrat, 2008：144）。

吳明益在《複眼人》中也持續思考生物分類學安排世界的方法。以下這段文字即是阿莉思在翻閱《貓咪圖鑑》時，思考她剛撿來的貓 Ohiyo 的種類：

> 圖鑑的分類很有趣，是從被毛長度、臉型，然後做交叉辨識。不過阿莉思翻來翻去卻找不到像 Ohiyo 這樣的貓咪。會不會是因為太小，身體還沒有出現特徵？當然，也可能像護士小姐所回答的，「就是一隻很普通很可愛的黑白米克斯啊。」米克斯就是混種貓的意思。不過就阿莉思所瞭解的，家貓其實不能分「種」的，畢竟所有的家貓都能互相交配，生下米克斯不是嗎？看來貓的分種不過是人為了要認識貓的世界，或者替貓設定位階，所定下的屬於人的規則。貓的位階畢

> 竟遵循的還是另一種關於貓的位階的法則。
>
> 所以一些自然的歸納，究竟屬於自然的規則，還是人的規則呢？
>
> （……）不知不覺中，整個下午除了《貓咪圖鑑》外，幾乎又把書架上的圖鑑翻閱了一次。此刻她突然覺得這個世界建立的方式或許比較接近圖鑑式的。也許年輕的時候自己搞錯了，以為世界充滿機遇的偶然。（《複眼人》，頁98-99）

Ohiyo 的特徵（被毛、臉型、大小，還有那雙異色的眼！）無法歸入圖鑑中的任何一個品種，若不是「混種」貓，那又該把牠歸入哪一類別[83]？若說自然史「建立在對於生物的了解必須要能符合命名系統的規範上」（Foucault, 1966：166），那麼混種貓應是自然史系統分類的例外。

《複眼人》中的阿莉思在為小貓植入晶片後想到，貓咪恐怕永遠不能理解，為什麼這麼做後牠就變成某個人的貓咪。這層思考與吳明益在〈當霧經過翠峰湖〉（2003）中提及的「財產分配學」相似。

因此，必須想像一個新的知識型態，超越物化與佔有的邏輯。生態批評在這一點上與後殖民批評相同，兩者都提出與他者建立新的關係[84]。

西蒙・波娃（Simone de Beauvoir）有句名言：「女人面對的本質是非本質，男人是主體是絕對，女人是他者」（Beauvoir, 1949 : 17）。若把「女人」（非男性的人）改成「動物」（非人的生物），這句話依舊成立。這麼說並不是要把「女人」和「動物」放在同一個尺標上來看，而是要表達區別「人類／男人（主體）」和「女人／動物（客體）」本質差異的方法其實非常類似。人類與動物之間最根本的區別就像男人和女人一樣，並不是生物特徵，而是在道德層面，畢竟所有的有機體都是屬於同一個連續體（continuum）（黑猩猩和人類的基因有百分之九十八相似）。

歐洲哲學史上對人類特性的定義經常以動物做為比較的基準。動物缺乏理性、幽默和社會秩序等因素經常被用來做為人類具有基本尊嚴的證據，動物則因此較人類卑微，兩個世界之間被生物鎖分隔開來。如德希達所言：「一般性單數形的，被單一、不可見的界線與人區分的大寫動物是不存在的」（Derrida, 2006 : 73）。

《睡眠的航線》中，敘事者和白鳥醫生在多摩動物園談到歷史上的種族歧視。兩人討論了人類行為和動物行為的差異，敘事者認為人類是以和自己的相像程度來判斷動物性，物種在本質上的差異也經常成為種族主義者的理論基礎。作者便以納粹對猶太人和歐洲殖民者對美洲印第安人的態度為例，與臺灣早期曾以「番仔」（野生動物）稱呼原住民的情況相比（《睡眠的航線》，頁 217-218）。

動物公園、人類公園

巴哈泰（Éric Baratay）和阿杜安－菲吉耶（Élisabeth Hardouin-Fugier）曾表示動物園自發明以來，就是人類用來呈現自然和動物性的最佳場所，確實劃出了文化和自然、人類和動物之間的界線（籠子外的是文化，欄杆後的是自然）。動物園的意義當然因時而異，最早做為殖民主義的櫥窗，而後是馴化野生動物之處，今日則是保育自然的殿堂。然而，無論是哪一種意義，都是人類控制「自然」的象徵，通過改造、繁殖和馴化來控制動物，當成珍奇收藏品（Baratay et Hardouin-Fugier, 1998）。

動物園，或者更廣泛的牢籠，在吳明益作品中佔有重要的份量。首先是《睡眠的航線》中，敘事者提到小時候父親帶他去看馬戲團表演，在後臺的獸籠裡看到關在籠子裡的猩猩的憂鬱眼神比在觀眾前扮成人類時更像人（19節）。另一處也提及澳洲動物園裡有數十隻袋鼠莫名遭到謀殺，屍體棄置在高爾夫球場裡（29節）。這件事讓他作了一個奇怪的夢，夢裡的男人拖著袋鼠走到冰湖邊，把袋鼠的頭一一丟進水裡（35節）。白鳥醫生和「我」在幾乎像原生林，而不是佈滿人工植株與香花植物的多摩動物公園中討論了人類文明與戰爭的關係。敘事者讚揚多摩動物園中的動物似乎比臺北木柵動物園的要快樂一些。當天，敘事者也參與了園內的演習，園方假設發生地震，應變小組示範如何捕捉逃出的大象（由兩名工作人員扮演），再用吹箭的方式幫大象打了麻醉針完成任務。而在下一個段落中，敘事者和醫生仔細地討論了猩猩和人類的相似之處，特別提及牠們的眼神和哺乳姿勢。不久後又提到美國飛行員 Raymond "Hap" Halloran 在二次大戰期間被關在上野動物園裡的真實故事。Hap 中尉是美國軍機 B-29 的機員，飛機遭日軍擊下後，Hap 被帶到東京上野動物園關到籠子裡，雙手綁在欄杆上供東京市民參觀。Hap 赤裸著身體，不得洗漱，披頭散髮，藉此凸顯他在這種情況下的「動物性」。動物園關 Hap 的方式讓敘事者思考不同囚禁方法保留的人性程度：

「關」的方式其實意味著很大的差別，如果是在玻璃屋裡，那麼在裡面的機員就沒辦法跟觀看者講話，除非打手語，但關在鐵柵欄裡的話，聲音還是可以輕易傳到遊客的耳朵裡，說不定還可以用語言辱罵遊客。至於開放園區……人類要如何製造一個展示人類的開放園區呢？（《睡眠的航線》，頁215）

這段話的結尾幾乎是帶著諷刺的口吻質疑生命政治操弄開放動物園的行為。《睡眠的航線》還有另外一些段落深入討論了人類如何複製一個看似自然的環境，這一次不只是動物園，還有魚缸裡水草的養殖（13、44節）。敘事者的好友沙子說道：「人要模仿大自然是非常困難的事，即使只是一個兩尺大的魚缸」（《睡眠的航線》，頁93）。模仿的過程中，任何一點些微更動都可能造成某一物種的死亡。人類重構自然的造物主形象再次顯現：「我對他們來說，角色很接近神的」（《睡眠的航線》，頁97）。

二〇一三年，瑞士作家米榭—阿瑪德利（Marc Michel-Amadry）的著作《30街的兩匹斑馬》（*Deux zèbres sur la 30e Rue*）在臺灣出版，故事講述在加薩走廊一座動物園發生的趣事。動物園中的斑馬因以色列與巴勒斯坦的衝突而死亡，園長決定把兩頭白驢漆成斑馬，繼續為村裡的孩子帶來歡樂。吳明益為臺灣讀者寫了一篇名為〈生活就是一匹偽裝的斑馬〉的序，提及動物園在重塑自然環境的行為中扮演的角色。序文中，他引用了巴哈泰和阿杜安—菲吉耶合著的書，說明動物園是人類與想像的自然相遇的場所：

到過動物園的孩子們，都曾經透過那個模仿自然的窗口，去模糊辨識自身所處的自然界位置，想像自由的野地（認識動物反而是很不起眼的效益）。而因為這個自然是人類文化所建構出的「偽」自然（就如同以驢子去偽裝斑馬），是一個不可自理的生態系，所以那樣的關係常常又是「非自然」的想像。人們因此把野性當成可馴養的，把巨大演化誤以為是可控制的，把脆弱的自己當成是主宰般堅強。（吳明益，2013）

動物園的比喻在《單車失竊記》中更為明顯，特別是描寫大象阿妹脫離緬甸叢林的戰爭痛苦後來到圓山動物園的故事。小說中不少段落提及戰爭期間動物園裡的動物遭受的待遇，不只是臺灣，還有世界各地的。這座緬甸動物園裡的猛獸都在英軍撤退時被槍殺，老鄒清理屍體時第一次看見老虎和豹，蟲蛆正在吃他們的眼珠（《單車失竊記》，頁215）。另一處的故事也發生在日治時期的圓山動物園。當時日籍的動物管理人對靜子述說一九四三年東京遭到空襲時，由於擔心空襲破壞鐵欄、猛獸跑出來，園方處決了一些動物（《單車失竊記》，頁282）。而後，又因不願在戰爭期間浪費肉品，處決後的獅子、老虎和熊肉都分配給了高層人士。除此之外，戰爭期間還有許多政府或軍隊屠殺動物的悲劇[85]。

臺北的圓山動物園後來也跟進撲殺猛獸，避免他們逃進城市。然而，最後存活下來的「有用」的動物仍會因空襲而受到驚嚇。

靜子回憶這段往事：

> 昭和二十年五月底，台北發生了史無前例的大空襲。砲彈從天而降，墜落在政府機關、台北公園、台北驛、天主堂和廟宇上頭，也無差別地殺死了逃犯、良民和軍人。空襲時警報聲大作，動物園裡還活著的草食動物驚惶跳躍。而裡頭暫時安置的戰馬歇斯底里地嘶叫，軍犬被用口罩套住嘴只能低吼、軍鴿拚了命地拍打翅膀、撞擊鴿舍。（《單車失竊記》，頁288）

動物處決後的某日清晨，人們在淡水河上發現看似鯊魚的屍體，事實上都是臃腫的死人。靜子看著他們，心想父親會不會也在其中（《單車失竊記》，頁290）。殘酷的戰爭從這個開放的牢籠裡帶走了人和非人的生物。

生成—動物[86]

動物（做為敘事者或角色之一）或者動物相關的議題是後殖民小說中的特殊現象。法語作品如夏慕舟（馬提尼克）《老奴與獒犬》（*l'Esclave vieil homme et le molosse*, 1977）裡的狗；艾倫·馬博古（Alain Mabanckou）（剛果）《豪豬回憶錄》（*Mémoires de porc-épic*, 2006）中的豪豬，或阿瑪杜·庫忽瑪（Ahmadou Kourouma）（象牙海岸）《等待野獸投票》（*En attendant le vote des bêtes sauvages*, 1998）中的野獸。英語國家的作品則有琳達·霍根（Linda Hogan）（美國）《鯨之子民》（*People of the Whale*, 2008）中的鯨；芭芭拉·高蒂（Barbara Gowdy）（加拿大）《白色象骨》（*The White Bone*, 1999）中的大象，或是南非

作家柯慈所寫的《屈辱》（*Disgrâce*, 1999）和《伊莉莎白．卡斯特洛》（*Elizabeth Costello*, 2003）。相關的書籍眾多，不能盡數，由此可知「動物議題」在後殖民詩學中的重要性與多樣化。然而，諸多作品中書寫的動物樣貌不盡相同，其中一些淪為受害者，另一些則是加害者，另也有曖昧的第三者，無論何者，他們經常成為反映人類社會的鏡子，譴責殖民政府種族和物種隔離／歧視的行為[87]。

每一部作品有各自的敘事策略，然而做為後殖民文學，他們的共同點在於質疑普遍的人道主義傾向，認為這種傾向在文化、種族、性別和物種間建立了階級差異與評選標準。將動物置於敘事中心的小說是一種殖民權力的比喻，能揭發並進一步捨棄生物群體不對等的關係。動物有時也會站在與人類對等的位置，「訴諸動物外在性（extériorité）便能去除將人類話語做為真理的意圖、打破習以為常的道德論述，從而重新定義後殖民的主體」（Clavaron, 2011: 211）。而在小說中為動物爭取權利的敘事者似乎因此也與為人類社群維權的人成為「盟友」（Carruth, 2011: 201）。

與上述這些作品相比，《複眼人》並未將動物視為人類的反射鏡，因此嚴格來說並不能算是動物小說或以動物為主題的小說。然而，這部小說的主題與後殖民小說有許多共同之處，人類的軀體有如一張獸皮，包裹著動物，兩者融而為一。這種變形最經典的例子是瓦憂瓦憂島的住民，那些住在將被垃圾渦流捲入而沉沒的幻想之島上的人。

這部小說中的人物有如德勒茲和瓜達希的「生成—動物」（devenir-animal）[88]，首先就變形本身來說。根據瓦憂瓦憂島的規定，次子在出生後第一百八十次月圓時必須出航。這些注定無法回航的少年出海後會變成抹香鯨，自殺的人則會變成水母。而根據傳説，出海的女人會變成海膽。島上的少女烏爾舒拉對這件事抱持著懷疑的態度（第8節），然而，阿特烈的確遇過變成抹香鯨的少年（第4節）。敘事者這麼説道：「鬼魂化成的抹香鯨，和真正的抹香鯨幾乎沒有差別，唯一的差別是，鬼魂化成的鯨會流淚[89]」（《複眼人》，頁48）。

小説的結尾是上百隻少年變成的抹香鯨擱淺在智利的岸灘上。見到故鄉島嶼被海嘯吞沒後，瓦憂瓦憂次子們化成的抹香鯨群日夜不停地泅泳，流著淚穿過數片海洋，直到他們忘了變回人。瑞典學者安德里亞斯見到這個景象，跪在地上痛哭，直到生命也離他遠去，彷彿回應著抹香鯨的痛哭，彷彿他也走進了生成—動物的階段（31節）。德勒茲的確曾指出人類和動物的共同點在於受苦，這個過程就是「生成—動物」：「受苦的人是一頭獸，受苦的獸是一個人，這就是生成的現實」（Deleuze, 1981 : 21）[90]。

所有瓦憂瓦憂島的神話都是關於人類與動物的合體（多到令人懷疑這樣的分類對瓦憂瓦憂人來說並不存在）：瓦憂瓦憂的山神牙牙是一隻鳥；阿特烈也說過瓦憂瓦憂島人的祖先是七隻小鳥，都是同一隻巨鳥的蛋孵出來的。至於島嶼誕生的神話，阿特烈則是這麼說的：

> 最早的時候，所有事物都互相模仿，島模仿海龜，樹模仿雲，死亡模仿出生，因此萬物沒有太大差異。而我們的族人原先居住在深海中，並且在海溝中建立了一個城市，卡邦將一種螢光蝦賜予我們做為食物，讓我們不虞匱乏。但我們是海中最聰明的種族，我們發現海中有許多東西都比螢光蝦美味，於是不斷繁衍、任意取食、遷徙、擴建城市，毫無節制，幾乎把附近的水族趕盡殺絕，終於觸怒了卡邦。（《複眼人》，頁199）

這種對原始棲地的想像也充滿了生物與非生物的共融意象，島嶼模仿烏龜、樹模仿雲，生物之間的差異無限微小。這種狀態無疑是伊甸園似的幻夢，一種眾生和諧的原始狀態。一如《創世紀》中，伊甸園的失落源於人類的貪婪。多虧長了魚鱗的勇士沙里尼尼獨自游到卡邦的居所，祈求祂的寬恕，受到感動的卡邦才重新賜給瓦憂瓦憂的人民生存之地。他們的祖先也才從海底搬到海上。

小說的其他段落對生命異質性的書寫較為隱晦，人類、動物和植物特徵上的界線也令人捉摸不定。在所有的瓦憂瓦憂人中，也許阿特烈的父親，也就是掌海師，最能代表人類與非人類的異質結合。阿特烈曾說掌海師和掌地師的知識都是從非人類的生命和現象來：

掌海師天資很高，眼睛像魚一樣在睡覺時也不會闔上，他在潛水時記下了海底的山脈與谷地的脈絡，巨大海藻森林的分布，並熟知每一顆瓦憂瓦憂島附近可以在潛水時吸到岩縫空氣的石頭。他甚至能測知海的心情愉快或是悲傷，與奮抑或憂愁，預言降雨跟海流。他每天繞島步行三周，宣稱要仔細聽到每隻海鳥、每道海風、每枚貝殼帶來的訊息。他曾說，每隻擱淺的鯨都會留下可貴的遺言，那事關島的命運與未來。他知道每一片海與海岸都有它獨特的氣味、影子和光，他的知識來自遷徙的水族，所以無遠弗屆；咒語像每根羽毛一樣獨一無二，無從模仿。由於海浪帶來的訊息細密微弱，因此掌海師常常站在海邊，像樹一般枯立，不喝水不進食也不微笑，被陽光曬成黃色的頭髮閃閃發亮。

> 掌海師理解海的一切事務，不過多數時間他講話顛三倒四，像海浪一樣，常讓人無從捉摸。族裡的老人說，最早的掌海師模仿海鳥的聲音創造了瓦憂瓦憂語……（《複眼人》，頁201, 203）

掌海師的身軀彷彿也模糊了人類與動物界線，強調生命內在本質的多樣性。獨腳的掌海師拄鯨魚骨當拐杖，另一隻腳有如魚鰭。小說的最後，出海尋找未婚夫阿特烈的烏爾舒拉也在智利的海灘上擱淺。而從她腹中取出的阿特烈的孩子雙腿相連，彷彿鯨豚的尾鰭（31節）。然而，這種和動物共生（特別是鯨豚類）的特質不只在瓦憂瓦憂人身上。阿莉思和丹麥人傑克森的孩子托托自小就很少和人說一句完整的話，唯有和昆蟲才能自在溝通。托托所有的詞彙都是從昆蟲那裡學來，似乎與昆蟲界的互動比和人類容易。

蛻變並不只限於人類和動物，有時也會是植物。《睡眠的航線》的敘事者夢見神祕的人物Z對他說，儘管有時難以想像，但「人也可以是很多東西的土壤[91]」（《睡眠的航線》，頁116）。他詳述了這個夢境：

村子好像一直都下著雨，雨並不大，只是落在臉上會凝成肉眼看不清的雨珠那樣的量。雨使這裡的白天變短，雨水順著蟬聲和樹葉的尖端流下來，落在各種姿態、神情、膚色的少年臉上。或許是因為雨水豐富的關係，這裡的植物遍佈，甚至長在少年的身上。斷臂少年斷臂的地方長出紫色與白色的蕈類，穿著工作服的少年在血漬的地方開出一朵奇妙卻沒有顏色的花，把消防栓當作腿的少年從胯下伸出爬藤，爬藤的葉子是掌狀的，像一個個翻起的手掌朝向天空。（《睡眠的航線》，頁116）

人類和動物的連結也貫穿了《天橋上的魔術師》的小說，書頁裡滿是蟲魚鳥獸：白文鳥、金魚、貓、斑馬，還有石獅子，這些動物有如魔術般出現在都市裡的那座中華商場的各個角落。〈鳥〉一文中，做為敘事者的孩子在他的鳥身上經歷了人生第一次的死亡。另外也有〈一頭大象在日光朦朧的街道〉中來自問題家庭的少年烏鴉穿著大象裝在街上發傳單。披上大象皮後的烏鴉開始用不同的眼光看世界，也遇到了一些他以為已經不在的人。

這些關於分類學、動物園和人類—動物的作品，召喚的不是對人類或動物類別的思考，而是對整個生命的關注。人、動物和植物間的變形，是對僵化的生物分類學的反思。這種生命的多重樣貌在吳明益筆下的一個角色中最為顯著：複眼人。

複眼看世界

複眼人的視角

前文提過，吳明益筆下的人物、地點和情節會在不同的文本中游移，每次再現都會保留一點過去的痕跡。其中一個反覆現身的角色就是複眼人。前文多次提及，但都僅止於蜻蜓點水。

複眼人以不同的名字和形象出現在《睡眠的航線》和《複眼人》中，甚至是《天橋上的魔術師》中有奇怪眼神的魔術師也許也是這個角色的再現。然而，他其實是在二〇〇二年一篇同名的短篇小說裡第一次亮相。

〈複眼人〉的故事發生在二〇〇二年，一位老人在終結月球行動前幾個小時敘述了小說的主要情節。老人是一個自小就對蝴蝶癡迷的昆蟲學家，故事中他講述的是親身經歷的事。小說的前半段關於他在海上追尋玉帶鳳蝶（*Papilio polytes*），試著了解牠們的移動和目標。然而，他終究沒有找出蝶的行徑。幾年後，一家公司聘請他參與一項新的「生態觀光」計畫。該計畫希望在一座自然公園（紫蝶谷）中架設五百八十六座微型攝影機，藉此觀察林中的蝴蝶。遊客可以透過這些裝置和紙張螢幕（Watcher）（相當於今日的平板電腦）在遠端實時觀察動物。

昆蟲學家某天在林裡遇見了複眼人，卻沒有立即注意到他外表上的特殊之處。兩人談到那項計畫，複眼人挑起了一個問題：

「你……有沒有想過紫斑蝶怎麼看？」

「怎麼看？」

「是啊。看。你沒嘗試過嗎？像蝶一樣，看。」

我突然發現，截至當時為止我所畫的五百八十六個攝影點裡，沒有一架攝影機是以紫斑蝶的視覺所看到的世界。[92]（《虎爺》，頁222, 224）

隨著兩人對話逐漸深入，敘事者才發現一些超自然的現象，森林裡的聲音彷彿都「暫時停止」了。他也注意到了那人的眼：

如果我可以相信我的視覺和記憶的話，他的眼確實是由無數個小單位所組成的，但卻不是規律的、蜂巢式的複眼，而像是將許多不同生物的眼所集合起來組成的眼。我忘記禮貌地被那雙眼深深吸引，就像盯著荷蘭田園上一座座的風車，不自禁地被自己心裡的某個風景召喚進去一樣。（《虎爺》，頁227）

四年後，這個角色在小說《睡眠的航線》中似乎有了分身。第一次出現在敘事者的夢裡時是類人類的形象，像個引夢人，身上有一對像是萎縮的翅膀，名為Z。然而，小說的另一個角色也有這種看得見別人看不見的東西的能力（即吳明益複眼人的特色）：菩薩觀音。我稍後會再多作討論。小說中關於Z的描述是這樣的：

Z拍拍翅膀，我發現我無法形容Z的眼睛的色彩，那色彩過度繁複以致於我無法歸類，就像有二極體光波流過一樣，那眼就像一雙外形擬態單眼的複眼。他說，所以地殼遠比人們想像的脆弱。

我第一次注視著Z的眼。Z的眼確實是由無數個小單位所組成的，但卻不是規律的、蜂巢式的複眼，而像是將許多不同生物的眼所集合起來組成的眼。我忘記禮貌地被那雙眼深深吸引，就像盯著荷蘭田園上的一座座的風車，不自禁地被自己心裡的某個風景召喚進去。而每一枚小眼似乎都眨動著似乎是熟悉的、卻又具有陌生感的場景。（《睡眠的航線》，頁117, 280）

這兩處引文中，除了完全一致的句子外，也可以看到從同一個眼（單眼）建構成的複眼呈現的景象。這些單眼令人想到馬賽克，不同的影像最後複合成一個更大的場景[93]。二〇一一年的長篇小說中有更多關於複眼人的描述和敘事，但這個名字要到最後幾個章節才出現。小說中的幾個主角都和複眼人有奇妙的交集，每一次現身的形象都不大相同。

首先是「第七隻 Sisid」的阿美族餐廳老闆，哈凡。他對阿莉思說了自己看到伊娜（母親）和 kawas（阿美族語祖靈的意思）見面的事。伊娜的新男友廖仔在一次水災後失蹤，Kawas 為她指出了廖仔沉沒的深潭。哈凡是這麼說的：

> 那個人很高大，雖然看不清楚，但應該是年輕人，又有點像中年人，也有點像少年，他像影子一樣忽然大忽然小。我聽到他們兩個人好像在講什麼。有一瞬間我和他的眼睛對上了，那眼睛，怎麼說呢……啊，我不會說，就好像妳同時被一隻老虎一隻蝴蝶一棵樹一朵雲看到一樣。（《複眼人》，頁 120）

接著是阿莉思和傑克森的布農族朋友達赫。他說了一段小時候和父親到山上打獵的往事，這段話中提到了類似的生物：

我的前面站了一個男子。他看著我，風把他的頭髮吹得像藤蔓一樣飛起來。

我發現他的眼睛跟我們的眼睛不太一樣，有點不太像是一顆眼睛，而是由無數的眼睛組合起來的複眼，像是雲、山、河流、雲雀和山羌的眼睛，組合而成的眼睛。我定神一看，每一顆眼睛裡彷彿都各有一個風景，而那些風景，組合成我從未見過的一幅更巨大的風景。（《複眼人》，頁224）

阿莉思和傑克森的兒子托托也和一個應該是複眼人的人短暫相遇過。托托看到的那個人身旁有山羊和水鹿，就和八年前那篇短篇小說中的形容一樣。然而，與複眼人有最多交集的是傑克森。傑克森在一次盲攀中失足墜落山谷，骨頭碎裂的他遇到了這個謎一般的人物，兩人展開一段對話。男人宣告傑克森即將死亡，也告知他的兒子托托早已死去，只活在阿莉思的文字裡。

複眼人和傑克森的對話出現在好幾個章節中（23、26、29、30節），他表示自己不能救傑克森，就像《睡眠的航線》中的觀世音，存在的唯一目的就是觀看世人的生命，不能出手干預。

傑克森對複眼人的描述和之前的幾個形象有些許差異：兩隻眼像昆蟲的一樣，映照出無數的影像。肉眼似乎能看到那些單眼，卻又無法確認：

絕望的男子望向複眼人，像是用盡所有的請求希望獲得他的幫助，卻只是看到複眼人的複眼像是瞬間變化了排列組合一樣，不斷跳動變幻，每枚單眼的景象的每個瞬間，都跟前一個瞬間的景象完全不同。仔細一看，男子的心神不禁被每一個單眼的畫面深深吸引，也許是某處海底火山正在噴發，也許是像一隻鷹隼飛行所見，也許只是一枚樹葉搖搖欲墜的情景，那每一個單眼，似乎都在播放著某種紀錄電影似的。

男子望著複眼人的眼睛，他似乎在他極其微小的某一枚單眼裡，看到自己熟悉的一個場景。不過整體來說，男子的眼和頭部比較起來，並沒有比一般人大，那複眼上頭的單眼少說也有幾萬枚，每枚單眼如此微小，微小到肉眼幾乎無法確定它的存在。那自己又怎麼確定看到了那樣的景象呢？男子問著自己。（《複眼人》，頁 324-325, 327）

儘管有不同的變形，複眼人在所有人眼中都有一雙魔幻的眼，在夢境和生死的邊緣出現[94]。複眼人能看到凡人所不能見的事物。他無所不見，卻非無所不能：雖能感知世界的現實，卻不能影響事物的發展。無論是在夢境、濃霧籠罩的夜裡或是生命的黃昏，遇見他的人都彷彿被他的話語吸入，聆聽他神祕又帶有說教意味的言詞。這些人都覺得自己在他的複眼裡看見了無數的單眼，每個單眼裡都有獨一無二的風景，卻都包含在象徵整體的複眼人軀體裡。

《複眼人》中的臺灣角色只有阿特烈和阿莉思沒有和複眼人相遇。小說的最後，身為作家的阿莉思對阿特烈說自己又有了寫作的衝動（自兒子和丈夫死去後便失去動力），同時也宣告完成了兩篇小說：一篇長的、一篇短的，都叫複眼人（頁334）……這種套裝遊戲無可避免地令人想起作家本身。一如《複眼人》所示，小說家（吳明益或是他的虛擬分身阿莉思）是唯一能用不同的視角和敘事看待並呈現同一事件的人，也是唯一能帶領讀者進入故事迷宮中的人。《睡眠的航線》和《複眼人》的章節安排便是從每一個人物，甚至是最次要的人物的視角看待同一狀況。這也是每部小說中都有幾個章節以第一人稱寫作的原因[95]。複眼人就像小說作家，把不同的元素和異質的主體集合在同一個空間。傑克森遇到的那個人這麼對他說：「文字所重建的那個世界，更趨近於你們所說的『自然界』，是個有機體」（《複眼人》，頁328）。

除了明顯喻指作家（或是更廣泛的小說）外，複眼人的特性也反映了自然界是由許多個體組成的一個整體：每個看似獨立的有機體事實上都連結到同一個軀體。複眼人、小說和自然不過是一個關係的網絡，敘事和存在都精巧地被這個網絡連成一個整體。

這個角色的敘述背後——甚至是角色本身，《睡眠的航線》顯然蘊含對（生態）政治的批評，無可避免地讓人聯想到我在前文曾提及的作者對「感官人類中心主義」的微詞。換言之，就是對世界上其他有機生物的經驗毫不掛心（甚至是非生物的，那些與複眼人對上眼的人都表示就像同時被一隻老虎一隻蝴蝶一棵樹一朵雲看到一樣）。

二〇〇三年出版的短篇小說中，複眼人質疑昆蟲學家，為何五百八十六個攝影點裡，沒有一架攝影機是以蝶的視覺所看到的世界。接著他便談起了人類的虛榮，渴望看到一切、觀察一切，卻對其他生物看世界的方式沒有任何興趣。德希達這麼說道：「看動物的經驗，以及被動物看到的經驗，都不在人類的理論或哲學的討論框架中。簡言之，就是否定，甚至忽視這一點。我們都繞著這種貫穿人類歷史的否定邏輯打轉」（Derrida, 2006 : 32）。

吳明益（複眼人）和德希達對於人類中心主義的看法相近，兩人都認為大多時候哲學家（至少歐陸）都否認動物也能觀看，也就是否認牠們相對於他者和世界的存在。複眼人是「以超越擬人的觀點，認識大自然的奧祕」（劉亮雅，2008 : 103），同時也接受他者的異樣、排除他者的差異。

複眼人的每一個單眼都投射了一個獨特且變化萬千的風景。那些風景不是靜態的畫面，而是不同的有機體感受到的世界，一如吳明益談流星蛺蝶（*Dichorragia nesimachus formosanus Fruhstorfer*）：

> 他們必然有屬於「流星蛺蝶的世界觀」，包括美的標準，以及激動、緊張或和緩的情緒。他們看出去的世界必然與我不同，也與大紫蛺蝶、長鬃山羊不同，他們有屬於他們所懼怖的、喜好的、迷醉的。（《蝶道》，頁48）

吳明益的想像在此與愛沙尼亞的生物學家于庫爾（Jakob von Uexküll）產生共鳴。于庫爾的小書《探索動物世界與人類世界》（*Streifzüge durch die Umwelten von Tieren und Menschen*, 1934）對當時的科學和當代哲學都有很深遠的影響[96]。

于庫爾在這本小書中提出的假設是，每個有機體都有各自的感官環境，他稱之為Umwelt（周身世界）。眼睛如萬花筒的蜻蜓、對紫外光特別敏感的蜜蜂、有回聲定位系統的蝙蝠，甚至是蜱蟲、橡樹、青苔等，都共享著同一個環境，卻有自己經驗環境的方法，也各自建立了不同的世界模型。于庫爾認為，每個個體對所處的宇宙都有獨特的感知方式。他的學術生涯致力於反對當時自然主義者的機械法則，把所有的有機體視為會受到外在符號影響的主體，而不是被動的個體。因此，藉由情動力（affects）的感知，每個主體都能透過擷取和挪用的手段建構自己的世界。他認為所有的生物都不是單純的機械物件，而是擁有主體性的個體，且能因此對外部力量做出反應，再以自己的方式詮釋世界：「就像蜘蛛和蜘蛛網，蜘蛛網會根據對象的特質來建立不同的關係，蜘蛛也因此織成一張堅固的網確立自己的存在」（Uexküll : 2010, 48）。

對于庫爾來說，有機體不只是基因的遺傳而已，更能生成一個宇宙，並與組成這個宇宙的物質保持某種關係。高茨（Benoît Goetz）針對于庫爾的理論進一步說明：「生物不是簡單地接受環境的影響（如適者生存的觀點），更能與環境一起組成，甚至是組成環境」（Goetz, 2007）。正因如此，于庫爾和吳明益才有了交集。如同于庫爾的周身世界不應被視為單純的科學理論，複眼人也不單是小說人物而已，兩者都是倫理學的議題，要求重新評估看待非人類生物的眼光，以及牠們塑造和人類共有的環境的方法。于庫爾的理論和複眼人的出現都在提醒我們，每個個體都以不同的方式體驗世界，也因此創造出各種觀點和焦點來看待同一空間。

海德格在他著名的作品中提到「石頭沒有世界（weltlos）」、「動物缺少世界（weltarm）」，因為「人類是這個世界（weltbilden）的設定者」（Heidegger, 1992 : 277）[97]；相較之下，于庫爾的想法是無論貧乏或豐饒，不同的生命形式都能塑造出各種世界。

複眼人傳達的訊息也正好與海德格相反：在人類世的背景下，人類創造出的環境將導致其他物種的滅絕，因而也失去了其他看待世界的方法。因此，人類將成為世界的貧民：

複眼人說，他已經愈來愈沒辦法真正看清這個世界。當他說話時，數萬枚單眼因急速的色素移動而讓人清楚地感到那身體裡頭靈魂的變化，那些小眼們似乎沒有看著你，而是在對你展示了繁複的世界。仔細一看，複眼人複眼上的小眼，有幾枚失了光彩，就像熄了電的燈泡，或打烊的世界。不，仔細一想，可能不只幾枚，而是幾十枚、幾百枚、幾千枚，而且在我望向那裡的剎那的剎那，又有幾枚熄滅了。

「如果生命看這世界的眼光不被理解，一切都會終止。」那聲音也像是雨水的一部分，就那樣消失在雨裡。（《虎爺》，頁 228-229）

複數記憶

就我的閱讀經驗來說，非人類物種的滅絕存在於倫理學的層面，而不是科學或技術的層面。生物消失的主因是沒有考慮到組成這個環境所需的因素。

複眼人在小說中和傑克森有一段很長的對話，內容強調了記憶的敘事性和虛構性，他這麼說：

> 關於記憶，人跟其他動物是沒什麼不同的。一點都不開玩笑喔，也許你不相信，但其實連海兔也有記憶。（《複眼人》，頁327）

書中另一段文字中，他還對傑克森說只有人類發明了用書寫來記錄記憶（頁328）。然而，複眼人對這種能力不羨慕也不佩服，反而是批評了人類獨有的重建記憶的方式隱藏的人類中心主義：

人類通常也全然不在意其他生物的記憶，你們的存在任意毀壞了別種生命存在的記憶，也毀壞了自己的記憶。沒有生命，能在缺乏其他生命或者生存環境的記憶而活下去的。人以為自己不用倚靠別種生命的記憶也能活下來，以為花朵是為了你們的眼睛而繽紛多彩，以為山豬是為了提供肉而存在，以為魚兒是為了人而上鉤，以為只有自己能夠哀傷，以為一枚石頭墜落山谷不帶任何意義，以為一頭水鹿低頭喝水沒有啟示……（《複眼人》，頁 331-332）

這段文字呼應了雷根（Tom Regan）與辛格（Peter Singer）或任何一位捍衛動物權利的行動者。他們主張正視其他生物承受的苦難，反對以人類為中心的功利主義。他們眼中的自然是由各自擁有存在意義的許多個體組成的

我們已自于庫爾提出的理論理解到，每一種生物都有能力在共享的世界裡感知並塑造環境。這一段文字中，複眼人向傑克森解釋所有的生命的存在都有和人類無關的意義。花朵、山豬、魚兒、石頭都不是為了人而存在。這樣的論述就像生物中心主義所說的生命的「內在價值」。複眼人在此強調人類需依賴其他生命的記憶而活，再次呼應前文所提人類

因其他物種的消失而變得貧困。

因此，複眼人眼裡的環境不是冰冷的背景或靜物，而是集合了許多記憶的動態空間，在這裡，每個生命都必須與其他生命的記憶共存與互動。吳明益在二〇〇〇年所寫的一篇文章中提到：「生命的運行，是彼此需要，而不是獨佔或相互隸屬」（〈魔法〉，《迷蝶誌》，頁116）。無獨有偶，格里桑在《世界的新區域》（*Une nouvelle région du monde,* 2006）中也對此觀點做了完整的說明（複眼人應該會同意這種說法）：

> 每個人都需要彼此的記憶，不是為了同情或施捨，而是因為這是關係中新的理解。欲分享世界的美麗、分擔彼此的苦難，就要學會共同記憶。（Glissant, 2006 : 161）

根據格里桑的概念可推論記憶是連結所有生命的網絡。吳明益對臺灣東海岸的湖泊和河川，甚至是中華商場的記憶書寫（無論是「自然」或都市）都必須以這些環境中個體的關係為基礎出發。《天橋上的魔術師》中連結各棟樓的天橋就是共享卻又各自體驗一段記憶的最佳比喻。複眼人控訴人類的驕傲，以為可以自足，可以不必依賴他者的記憶便能獲得存在的意義。

除了倫理上的需求外，每一個生命的本質都是關係網絡的一環，在這裡，生命不只共存，更是互相依賴：

對許多細小生物的宇宙觀來說，一株樹就是一枚星球。正如今天的星象學告訴我們的，一枚星球不只是一枚星球，它和其它星球之間存有互相牽制互相吸引的「夥伴」關係。（《蝶道》，頁219-220）

根據複眼人與格里桑的思路，人類的生命必須依賴彼此的記憶。因此，共享記憶（不代表是單一的記憶）是唯一能確認有機物質的關係本體學（ontologie relationelle）的保證。短篇小說〈複眼人〉在開頭就點出「（他）想談談記憶」。講述追尋玉帶鳳蝶的過程中，他也向對話者提問（這段話出現在括號中，無疑也是對讀者的提問）：「你覺得蝶長記憶嗎？」（《虎爺》，頁200）。

事實上，他者的記憶之所以重要，並不只是為了非人類物種的內在價值，更是為了維護人類與周身世界，以及與之共存的所有生物、非生物之間建立關係的可能，因為：「（倘若人們）遺忘與其他生命交往的能力，終有一天，會寂寞地死去」（《濕地．石化．島嶼想像》，頁25）。

或如吳明益的另一句話：

當小紫斑蝶失去故鄉時，也就意味著，人們可能也將沒有故鄉可以記憶了。（《迷蝶誌》，頁138）

以複眼的方式看世界代表的意義不單是將不同物種的視角納入考量，更需重視每一種生命看待同一場所的方式，正如生態批評學家布伊爾所言，是「一地的多重經驗不斷地重複謄寫」（palimpseste）（Buell, 2005 : 73）。

菩薩與竹子

前文中多次提及《睡眠的航線》中的觀世音菩薩。做為一個次要的角色，觀世音並未和其他人物互動（只傾聽祈求），但小說中有兩節以祂為敘事中心，也穿插在整部作品中。觀世音的形象並不侷限於文學角色，還包含了神話的、象徵的和哲學的意象。然而目前關於吳明益的研究中，尚未對與祂相關的宗教和哲學概念進行討論[98]。

觀世音是佛教中的慈悲之神，保護眾生免於不幸和苦難。但《睡眠的航線》小說中顛覆了觀世音的形象，祂不再是全能的神，無法回應所有的祈求，只是一個全知的、偶爾寂寞的個體，不能行動、不能落淚。祂的眼淚重得幾乎足以淹沒一座島。祂能收藏地球上所有的請求，無論是來自人類或非人類，無論是以祂之名或以其他神靈之名的祈求，祂都能聽見，然而祂無法承擔可能傷害一個人的風險而實現另一個人的祈求（《睡眠的航線》，頁154）

這種特色就像小說中出現的複眼人，全知卻無能為力，有如大地之母蓋婭能感受到所有生命的動態，卻因沒有任何意圖而不能反應：

有時候祂坐在蓮花座上，看著人間的森林冒著煙，獸的身軀流著血喘息，大地失眠而憤怒震動，陷在網裡瀕死的魚族眼神哀傷冷漠，鳥因一直被擊落而喪失飛行的慾望，種子困在有毒的土地裡拒絕發芽……（《睡眠的航線》，頁 42-43）

諷刺的是，小說中的觀世音在一九三七至一九四五年戰爭期間成為中國和日本之間和平的象徵。名古屋和南京當時互贈觀音像，名古屋送出的據說是用阿里山檜木精雕而成。送至南京的十一面觀音像後來在文革期間遭毀，而名古屋的那尊千手觀音則供在塔內，一年只有一天能見天日。這兩尊佛像最後只能處於被動的姿態，成為歷史的受害者。敘事者甚至對它們興起惻隱之心，想像它們陷於人類如煉獄般的瘋狂之境（《睡眠的航線》，頁 254）。

觀世音無法回應祈求，但把這些祈求都放進心裡的那座巴別塔圖書館，小說中敘述如下：

所有的祈禱被收容在形狀如書本的檔案裡，放置在架上。那檔案用億兆條管線與心的核心相連，每條線的終端各連接著一個檔案書。檔案書看起來不太像固體而更像液體，各種不思議的琉璃光在上面流動。（《睡眠的航線》，頁44）

除了波赫士的巴別塔圖書館外，接續的這段描述令人聯想到另一個特殊的網絡：因陀羅網。因陀羅網由無數珍珠結成，網目的每一珠皆可影現他珠，能夠影射無數的影像。因陀羅網是對宇宙全息影像的比喻，有如蜘蛛網向四面八方延伸。如同觀世音菩薩心裡的管線，因陀羅網照出的所有現象彼此相連，每一面都是宇宙的一種複像。無數的網目交織成一個多維的空間往各個方向延伸[99]。

另一個與因陀羅網和圖書館結構相對的比喻是包籜矢竹的塊莖。敘事者後來會有更多關於這種地下莖的描述，它也是這部小說的中心概念之一：

竹林的根和地下莖縱橫交錯，互通養分，它們其實是一棵竹子，但在地面上卻表現得像是毫不相干的個體。（《睡眠的航線》，頁279）

這裡我們看到一個自然界的植物隱喻，無階級的異質個體彼此相連，就像德勒茲與瓜達希提出的塊莖概念。這也是因陀羅網在生態領域的深度：佛教對生命的態度是共存共榮。身為佛教徒的自然書寫詩人史耐德便經常使用因陀羅網的形象來形容生物間相互依存的關係，也藉此強調所有生命形式的重要性與彼此依賴的特性。史耐德曾這麼說：「《華嚴經》裡的因陀羅網是對整個世界生態系統網路的極佳描繪」（Snyder, 1995: 67）。

此外，還有一些佛教的原則如共存共榮、無我、緣起或慈悲也會出現在生態運動中，環運人士取佛教哲學的概念回應生態環境的問題。這種趨勢不只在臺灣，就連歐美地區也很活躍。歐美的環保主義者試著探尋並重新詮釋佛教的思想（有時帶有東方主義和原始主義的傾向），試圖找到另一種尊重其他生命形式的宇宙哲學觀（Obadia, 2007 : 92）。

吳明益作品中的佛教意象與用語點明了這種趨勢，以相對創新的方式打開佛教思想與生態哲學的對話。這兩種思想都把世界放在因果關係的網絡之中，以多元的角度觀看。也許這就是吳明益筆下複眼人與觀世音的意義：在人類中心主義至上的世界中，建構一個複合的、互相依存的生存環境。在這樣的宇宙中，理解他者並接受他者對世界的觀點將是滋養自身的養分。

註釋

80 〈界線〉，《迷蝶誌》，頁68-69，以及〈從物活到活物——以書寫還自然之魅〉，載於《台灣的自然書寫》，頁66。

81 中文的動物或植物學名一般較拉丁文的用詞精確，有時也較為詩意，例如 *Mycalesis francisca formosana* 為小蛇目蝶、*Eurema hecabe* 為黃蝶。

82 這種思想免不了帶有歐洲中心主義。以本書的研究來說，中國的分類法出現於十七世紀李時珍的著作《本草綱目》，然而吳明益並沒有使用李時珍的分類。

83 有趣的是，貓咪圖鑑中一般沒有混種貓，但牠們卻應是世界上數量最多的貓。

84 生態批評與後殖民主義批評的共同點在於，要求對一個整體和一個不能被佔有的他者進行想像（DeLoughrey et Handley, 2011 : 8）。

85 我們很容易就能聯想到村上春樹寫的動物園，例如《發條鳥年代記》（1995）中記錄滿州國動物園裡的動物在蘇聯軍隊空襲前撲殺所有動物的故事，以及著名的短篇小說〈象の消滅〉（1985）關於一隻從城市的動物園裡神祕消失的象……

86 （譯註）有些研究會稱之為「流變動物」，中間的橫槓或有或無。作者希望使用「生成—動物」這樣的寫法。

87 關於這一議題，目前已有大量文獻可以參考（特別是英語的出版品），法語作品可參見 Clavaron, 2011，英語作品則可參見 Huggan et Tiffin, 2010 : 133-183。

88 德勒茲和瓜達希的「生成─動物」理論可以在許多文章中找到，特別是在《千高原——資本主義與精神分裂之二》（第十章）（*Mille plateaux : Capitalisme et schizophrénie*, ch. 10）和《卡夫卡：為少數文學而作》（*Kafka : Pour une littérature mineure*）二書。

89 《睡眠的航線》中，靜子的外公也在死後變成狗，回來交待母親最後一件事。

90 雷根（Tom Regan）和辛格（Peter Singer）對物種主義（spécisme）和肉食主義（carnism）最大的批評就在於他們不重視動物的「苦難」。

91 小說中也有好幾處把人的存在與竹子相比。

92 這個提問在二〇一三年時成為科學界的大新聞，當年五月，美國伊利諾大學成功開發了一種數位相機，能夠透過像昆蟲一樣的複眼觀看世界（Young et al., 2013）。

93 這個想法來自《複眼人》的英文譯者石岱崙（Darryl Sterk），二〇一一年，我們在一次交談中提到了這點。

94 需要特別提出，《睡眠的航線》中的Z出現在敘事者的夢中，而敘事者患有「睡眠呼吸中止」的疾病，可能致死。

95 《複眼人》的17至20節就是從多焦的視角來看同一個場景：17〈阿特烈的島的故事〉、18〈阿莉思的島的故事〉、19〈達赫的島的故事〉、20〈哈凡的島的故事〉。

96 更多討論可詳見 Benoît Goetz, 2007。

97 海德格在《形上學導論》（*Introduction to Metaphysics*）中甚至提出「世界意謂著精神。動物是沒有世界的，也沒有周身世界可言」（Heidegger, 1980 : 56）。

98 黃宗潔曾在研究中提及觀世音的形象，但並未特別討論這個角色的意義（黃宗潔，2011 : 173-194）。

99 這樣的世界觀在《華嚴經》中有詳細的說明。

參考書目

- Baratay Éric and Hardouin-Fugier Élisabeth, Zoos, histoire des jardins zoologiques en occident（XVIe-XXe）, Paris : La Découverte, 1998.
- Carruth Allison, "Compassion, Commodification and The Lives of Animals: J.M.
- Coetzee's Recent Fiction", in De Loughrey Elizabeth and Handley George B.（Dir.）, Postcolonial Ecologies: Literatures of Environment, New York: Oxford University Press, 2011, p. 200-215.

- Clavaron Yves, « Chroniques animales et problématiques postcoloniales », Revue de littérature comparée, 2011, n° 338, Vol.2, p. 197-211.
- De Beauvoir Simone（西蒙・波娃）, Le deuxième sexe（《第二性》）, Tome I, Paris : Gallimard, 1949.
- Deleuze Gilles（德勒兹）, Spinoza : philosophie pratique, Paris : Les Éditions de Minuit, 1981.
- Deleuze Gilles（德勒兹）et Guattari Félix（瓜達里）, Kafka. Pour une littérature mineure, Paris : Minuit, 1989.
- Deleuze Gilles（德勒兹）et Guattari Félix（瓜達里）, Mille plateaux : Capitalisme et schizophrénie, Paris : Éditions de Minuit, 1980.
- Derrida Jacques（德西達）, L'animal que donc je suis, Paris : Galilée, 2006.
- Foucault Michel（傅柯）, Les Mots et les choses（《詞與物》）, Paris : Gallimard, 1966.
- Glissant Édouard, Une nouvelle région du monde, Paris : Gallimard, 2006.
- Goetz Benoît, « L'araignée, le lézard et la tique : Deleuze et Heidegger lecteurs de Uexküll », Le Portique, n° 20, 2007, URL : http://leportique.revues.org/1364
- Heidegger Martin, Introduction à la métaphysique, Gilbert Kahn(tr.）, Paris : Gallimard, 1980.
- Heidegger Martin（海德格）, Les concepts fondamentaux de la métaphysique : monde, finitude, solitude, Daniel

Panis(trad.）, Paris, Gallimard, 1992.

- Huggan Graham et Tiffin Helen, Postcolonial Ecocriticism: Literature, Animals, Environment, London and New York: Routledge, 2010.
- Illich Ivan, Œuvres complètes, Vol.I, Paris : Fayard, 2004.
- Liu Pi-chen, « Du stigmate à la revendication : mémoire et oubli dans la reconstruction des identités aborigènes à Taïwan », in FerhatT Samia et Marchand Sandrine（ed.）, Taïwan, Île de mémoires, Lyon : Tigre de Papier, 2011, p. 237-252.
- Neyrat Frédéric, Biopolitique des catastrophes, Paris : MF, 2008.
- Obadia Lionel, Le Bouddhisme en Occident, Paris : La Découverte, 2007.
- Snyder Gary, A Place in Space: Ethics, Aesthetics and Watersheds: New and Selected Prose, Washington: Counterpoint, 1995.
- Solomon Jon, "The Transnational Study of Culture and the Indeterminacy of People(s） and Language(s）", in Bachmann Doris, Nünning Medick Ansgar and Zierold Martin（ed.）, The Trans/National Study of Culture: A Translational Approach, Berlin: De Gruyter, 2013.
- Uexküll Jacob Von , Milieu animal et milieu humain, Charles Martin-Freville（tr.）, Paris : Rivages, 2010.
- Young Min-Song et al., "Digital Cameras with Designs Inspired by the Arthropod Eyes", Nature, n°497, 2013, p.

95-99.

• 吳明益，〈生活就是一匹偽裝的斑馬〉，收錄於Marc Michel-Amadry著《30街的兩匹斑馬》，尉遲秀（譯）（臺北：讀癮出版，2013）。

• 吳晟、吳明益（編），《濕地．石化．島嶼想像》（臺北：有鹿文化，2011）。

• 黃宗潔，〈生命倫理的建構——以臺灣當代文學為例〉（臺北：文津，2011）。

第六章

災難 Catastrophes

蝴蝶效應、月亮與科幻小說

一九七二年，氣象學家勞倫茲（Edward N. Lorenz）在美國科學促進會（American Association for the Advancement of Science）第一百三十九屆年會上發表研究成果，特別用了一個吸睛且充滿挑釁意味的講題：「一隻蝴蝶在巴西輕拍翅膀，會在德州引起龍捲風嗎？」為今日所謂的混沌理論（chaos theory）奠定了基礎。勞倫茲藉此問題討論了氣象學對變化的敏感以及這項特性的力量，一個極微小的改變都能導致巨大的後果。一些微不足道的現象，例如蝴蝶拍打翅膀，都可以改變一件事情原始的條件，並在未來的一個時間點上造成無以計量的影響，推翻原本預估的後果。這種氣象學對初始條件的敏感與依賴，後來伴隨著一九七〇年代混沌理論的誕生而應用到其他現象上。

混沌理論的專家，英國天文學家葛瑞賓（John Gribbin）認為遠在關於混沌理論的研究出現前，提出蓋婭假說的英國化學家洛夫洛克和美國生物化學家馬古利斯（Lynn Margulis）早就用科學的方式描述過這個現象。馬古利斯和洛夫洛克直覺所有的有機體會共同參與改變地球的生境，讓地球變得更有利於居住。洛夫洛克後來深入發展的蓋婭假說對吳明益的影響很大[100]。蓋婭假說提出地球本身就是活著的有體個體，每個微小的改變必然都會對整個星球的生態系統產生影響。儘管這個假說引起不少的爭議，卻還是被廣泛應用到各領域，且成為地球生態系統中每個生命互為夥伴的最佳隱喻。學者斯丹格絲（Isabelle Stengers）援引了蓋婭的概念來指稱一個「活著的星球」（Stengers, 2009：51-52）。她的研究指出在人類世和生態危機的時代，這些改變產生的影響比任何時候都要具體。生境或生態系統的改變即使看似微小，也會造成全球性的影響。換句話說，人類世改變了我們對後果的想像尺度。

杉葉蕨藻（*Caulerpa taxifolia*）入侵海域即是著名的例子之一。這種水草從摩納哥海洋博物館的廢水被引入地中海後，入侵海域並成為致命的物種。這種海草的毒性對整個海洋生態系統帶來災難（Meinesz, 1997）。另一方面，眾所皆知，北極冰原融化和亞馬遜雨林的砍伐都不是地區性的現象，這些事件的影響已延伸到整個地球的生態系統，對整個網絡造成影響（例如海平面上升、降雨量提升都和冰原融化有關，而且也將引發一系列其他的後果）自然對區域性的動作做出了擴及全球的反應。

人類世時代的開啟，代表人類活動造成的環境破壞是最常見的「蝴蝶輕拍翅膀」，且可以用科學的方法預計與估算這些活動造成的影響。人類也開始意識到自己在這個生境的活動，即使是最輕微的動作，產生的後果影響到的範圍遠超出自己的周身環境。

早在可以用科學的方式證明災難對宇宙秩序的影響，或對最初的系統（或混沌狀態）的破壞前，詩人、作家和哲學家都已思考過生物共存的概念。《莊子．內篇》應帝王之七「混沌之死」即是最佳的例子[101]。雨果的著作《悲慘世界》（*Les Misérables*, 1862）也從浪漫主義的角度表達了這樣的想法，特別是他提出「世界的塑造是否由沙粒的墜落決定」時更能看出。

吳明益在小說與其他短文中也多次思考自然界中任何細微的動作，都是一個生態系的變動。如同上一章中所提，《複眼人》小說中的複眼人會嘲諷人類的自滿，因為人類不願思考自己對生物鏈最小的動作可能造成整個生態系的破壞。《睡眠的航線》中曾提到魚缸水草會因為光照或二氧化碳的微小變化而死亡（13、44節），還有臺灣水韭也因夢幻湖的陸化而死亡（44節），都是在說明看似無害的細微變化透過連鎖反應可能會對物種造成大災難。

地球生態系統中每個環節的命運都是無法預測的，這一點在《複眼人》中也有深入的探討：挪威的環境運動學者莎拉和德國的隧道專家薄達夫，對開發甲烷冰的計畫難以預估的後果有相當深入的討論。薄達夫的態度似乎比較正面，莎拉則完全反對，作者因此讓兩人展開了辯論，藉機插入說教的言論與道德指令（《複眼人》，頁 237-238）。

事實上，這項議題的討論並非小說的中心。作者提出甲烷冰的開發也許在於改變生態問題的規模，然而，小說中也另外寫出北太平洋和臺灣沿岸的汙染、獵殺冰原海豹的問題，甚至是落在福爾摩沙群島上的酸雨，這些現象打破了區域和全球的概念，難以估算影響的規模。小說中的甲烷冰顯然與當時各國尋找替代能源引發的各種討論相關（二〇一三年日本即多次嘗試開發甲烷冰，試圖為減少核能發電後可能發生的能源短缺問題尋找替代方案）。在和薄達夫的對話中，莎拉譴責對這種開採會造成的傷害一無所知的態度，同時也譴責人類對能源的需求不斷提升，證明了那是一種根深柢固的人類中心主義（21節）。

同一章節中，薄達夫和莎拉也討論了開挖雪山隧道的問題（小說中從未指明是哪一座山，但從臺灣的時事來看，一切不言而喻）。由於雪山的岩層含有大量石英岩，必須打造一臺特殊的挖鑿機器，薄達夫就是監督該機器的設計與組裝的負責人。甲烷冰的開發在歷史上始終處於雛型的階段，但開鑿山壁似乎將造成超出人類預估範圍的災難。讀者在小說一開始就讀到山中發出了巨響。隨著故事往前，原本充滿自信的薄達夫在遇到莎拉後也開始動搖了，也許打通這座山的風險太大。

這裡我要特別討論短篇小說〈複眼人〉的內容，這個故事呈現的模式與上述所提的蝴蝶效應相反。吳明益的觀點並非蝴蝶翅膀的拍打引起大規模的自然災害，而是自然災害如何終結了蝴蝶的飛行。

故事之始便是敘事者述說小型蝶類遷徙的複雜性。他說到即將建設自然公園的一座森林谷地是紫斑蝶屬（*Euploea*）最後一個越冬之處，其他這些蝶的越冬棲地都已因氣候暖化而逐漸消失。前文曾提及，這篇小說的敘事者是一個老人。二〇二二年，他喝著啤酒，娓娓道出自己的故事，以及和神祕的複眼人相遇的過程。敘事者和聆聽者當時也看著電視轉播，等待「終結」月球的時刻到來……這項計畫確有其事，美國和俄羅斯政府將共同摧毀地球的衛星。小說中的人類認為——儘管老人保持懷疑的態度——月球對地球的各種現象都有負面的影響：

他們認為從二十一世紀開始的氣候異常、飛機失事乃至於地震，都與月球引力有關。他們當時提出用火箭發射六千萬噸的核彈、摧毀月球。月球引力消失後，整個俄羅斯都可以栽植亞熱帶蔬果。沙漠會降雨、颶風將消失、河水不致氾濫、季節的界線模糊，人們的情緒會更平和，海水不再潮汐，作物的生長規律。地球將成為更適合人類生存的美好星球。（《虎爺》，頁230）

另一個敘事者（年輕人）則接著說道，在二十一世紀的「烏托邦」社會中，汙染漸漸被控制，而那些瀕臨絕種的動物都被捕捉到研究院準備複製。這時，他也說出了自己的職業，同樣身為研究者的他，研究的是民間文學中的月亮神話。於是，他開始列舉月亮在不同文化如希臘、阿美族、拉祜族、印加人和希伯來人的象徵意義。月亮創造的這些豐富的記憶都將被送上經濟發展的祭壇犧牲[102]。年輕人的感嘆結束時，老人又喃喃地接話：

烏也會停止遷移，或在遷移中迷路，白帶魚不再躍出海面，紫斑蝶可能也會忘記從冬天裡醒來，回到北方。（〈複眼人〉，《虎爺》，頁233）

話一說完，年輕人在老人的眼裡看到從未見過的景象，都是隨月球移動或潮汐變化而遷徙的生物：仿相手蟹（*Chasmagnathus convexus*）、玉帶鳳蝶（*Papillo polytes*）、白帶魚，當然也有紫斑蝶。兩人的說法在這裡重疊，彷彿站在屠殺月亮的臨界點。他們似乎傳達了不被聽見的聲音，來自那些被遺忘的民族和非人類生物的吶喊，彷彿只有兩人意識到這樣的計畫不只和經濟與工業的發展相關，更會導致生物、文化和詩的破壞……小說最後結束在老人的一個眼神：

> 而月亮碎裂成無數的光片浮在老人的雙眼上。節目正在進行街頭採訪，問路人對於月亮難忘的記憶之類的問題（還有四十二分鐘），有個年輕人說，他的父親說他的曾祖父說過不能用手指月亮。老人閉起眼，用皺紋把月光收藏到人跡未至的森林深處似地，緩緩閉上了眼。（〈複眼人〉，《虎爺》，頁234）

這段文字再次寫出無數的目光正隨著月亮的命運消逝，而眾生、記憶與詩句似乎也將化為虛無。然而，老人閉上了眼，留住了記憶。森林深處，如《睡眠的航線》中的觀世音把眾生的祈求（或許是記憶？）收藏到無盡的圖書館中。

吳明益在這篇小說中想像了一個社會，這個社會的人類本身就是破壞自然的加害者，卻妄想藉由複製和太空爆炸來調節自然（溫度、海嘯、沙漠化、物種滅絕）。在技術系統足以把自然合理化，把所有事物佔為己有的社會中，人類持續將處於這種不合理的故事和傳統拔除[103]。更進一步以高度人類中心主義功利的心態來控制地球氣候，完全忽視季節和氣候對其他生物的重要性。

近年來的生態批評研究，在探討生態問題時將科幻小說列入研究範圍。根據定義，科幻小說寫的是關於可能發生的未來和過去的事，長期以來都被擺在文學研究的最偏僻的角落，如今因為小說中揭示了深刻的生態問題而被拿出來重新檢視評估。事實上，科幻小說有許多次文類，確實都和生態批評關注的問題密切相關。例如蒸汽龐克（steampunk，以十九世紀工業革命為背景的復古未來主義小說）、星球地球化的故事、末日後小說（post-apocalyptic）、賽伯格（cyborg）小說，或是銀河殖民、生態烏托邦、生態惡托邦等。科幻小說以人類世的問題為思考基礎，講述了許多故事。

科幻文學的定義本身即富有爭議。吳明益的兩篇〈複眼人〉是否能歸入科幻文學之列就是個值得思考的問題，畢竟兩者的科幻元素就數量而言並不多也不夠集中。其實許多作家都面臨同樣的問題，例如卡夫卡（Franz Kafka）、波赫士或村上春樹都是在文類的邊緣創作，論者也總是小心翼翼地把他們的作品放在科幻文學的邊界上，深怕一不小心就給出文本欠缺文學性的評價。然而這種曖昧性其實不影響《複眼人》的價值，出版後受到許多科幻作家的推捧。中國著名科幻作家韓松在這本書初出版時便大力推薦，英譯本也在出版社積極推廣下得到英語世界科幻評論的好評，例如英國的大衛・巴尼特（David Barnett）、加拿大的瑪格麗特・愛特伍，甚至是美國的作家休豪伊（Hugh Howey）和娥蘇拉・勒瑰恩都給予高度評價。美國的出版社網頁上，還能見到勒瑰恩為這本書所寫的推薦文：

> 從沒讀過這樣的小說。南美洲給了我們魔幻寫實，現在臺灣給了我們一種述說這個世界的全新方式：美好、生動、駭人、荒謬卻又真實。毫不矯情，但也絕不殘酷。吳明益以大無畏的溫柔，寫出了人性的脆弱，也寫出了人世的脆弱[104]。

一部小說能否稱為科幻，除了檢視是否受到科幻界重要人物的讚賞外，還有另一個更普遍的問題值得探討，即「文學機構」為何將科幻作品邊緣化。這一現象直接影響到出版社將文學作品歸入科幻小說之列的意願。科幻論者佛雷曼（Carl Freedman）便指出科幻小說至今仍被視為次要文類，在文學評論者眼中不甚入流，有時甚至拒絕承認屬於「高貴」的文學（Freedman, 2000 : 27-29）。

一九七〇至八〇年代掀起科幻小說理論革命的學者蘇恩文（Darko Suvin）定義科幻小說是「認知上的抽離」（cognitive estrangement），意即，每一個科幻小說的敘事都是對知識論的革命。科幻小說在改變人們對現實的理解時，也改變了我們對科學堅信不移的態度。蘇恩文將這種「奇特的認知」稱為「新奇感」（novum）。Novum 指的雖是新奇事物（科學、科技等）的介入，但這些新奇事物仍由認知邏輯的基礎支撐，換句話說，就是從科學的角度想像得到的事件或發明。因此，今日可能不存在，但也許未來某天會出現或早已存在，也就是處在陌生與熟悉之間的想像替換裝置（Suvin, 1979）。科幻小說也就存在於這陌生與熟悉之間：對理所當然的事提出質疑。

科幻文學中提出的那些新奇且可被科學接受的事物中，末日（以核災、生物科技或傳染病的形式表現）便是最主要的非敘事工具（一個 novum），在探索未來環境危機的小說中更是如此。下一個章節中，我將針對《複眼人》裡的災難（novum）提出討論。

渦流與世界

末日敘事（或是末日後的故事）[105]是科幻小說中一個重要的子類，大多時候涉及一個物種、文明或世界的終結。另一些例子則較為抽象或以寓意為中心，把末日視為一個物種、一個文明或世界觀的消失。上一章提到蘇恩文對科幻小說的定義在於探索可能的野心，末日小說也不例外，描寫的大多是就寫作當下的歷史背景來看，認知上可能發生的浩劫，如核戰、氣候變遷、科技革命或病菌流行……敘事空間的規模則隨災難的特性而變動[106]。

末日小說的主題雖廣，但臺灣的科幻——處於重新探索與發展的階段——在這一方面有較少的嘗試[107]，但也並非缺席。以下舉出三個例子。其一為黃海在一九八三和一九八七年出版的《文明三部曲》，描寫一個末日社會（中國），故事背景為核戰爆發後，人們至地下避難，製造了永生機器人。小說觸及許多生態問題，包括地下城市過度汙染、自然資源分配不均或是性別與環境的問題等[108]。

另外，一九九八年平路的小說〈島嶼的名字〉描述在若干年後，一場幾乎被所有人遺忘的地殼變動把臺灣島和中國大陸連在一起，地球也在「全球整合」的狀況下合成一個大商場。這篇短篇小說在當時臺灣的地緣政治背景下帶有明顯的政治色彩，故事中劫後餘生的老人主角是唯一記得島嶼名字的人……

而過去三十年來，最為人所知也最常被討論的無疑是本書第四章提到過的宋澤萊的《廢墟台灣》（1985）。故事以惡托邦想像臺灣的未來，島國的概念自此而生（國族主義小說）。然而，被野蠻的資本主義和獨裁政府統治的島國最後在一場核災中化為烏有[109]。吳明益是讀過《廢墟台灣》的，甚至寫過一篇專文探討宋澤萊書中的生態議題論述[110]，但在他自己的惡托邦，也就是《複眼人》中的「生態浩劫」敘事，或是對後果的想像都和《廢墟台灣》截然不同。

《複眼人》中的主要事件（novum）是來自北太平洋的巨大垃圾渦流。這團渦流當時（不久的將來）隨著洋流和日益頻繁的海嘯撞上了臺灣的東海岸，更準確來說，就是阿莉思和傑克森興建小屋的海岸。在討論這場災難的細節前，也許我們應該簡單地認識一下這個現象，畢竟北太平洋的垃圾渦流是確實存在的。垃圾渦流位於位於北太平洋環流之上，由幾十年來被傾倒在海上的眾多垃圾（主要是塑膠）隨洋流漂至一處聚集而成，也叫「塑膠毒湯」或「第七大陸」。如吳明益在小說十一節中所說，一九九七年美國海洋學家莫爾（Charles J. Moore）首次發現並公開描述了這片垃圾堆，而後它便成為綠色和平組織（Greenpeace）調查的對象。渦流之中的塑膠物質非常密集（每一公斤的浮游生物就有六公斤的塑膠！），顯然對海洋生態，特別是會把塑膠當作食物的動物（魚類、水母、海龜、海鳥）來說，非常有害。最新的科學研究證實這片巨大的垃圾島重量高達數千萬噸，面積亦超過三百四十萬平方公里（約為法國面積的六倍）。

小說中，阿特烈在離開瓦憂瓦憂島不久後就被沖上了一座垃圾島，一座作者想像出的密克羅尼西亞島嶼。阿特烈在那座漂浮的島上看到很多從未見過的東西，於是替它取名為葛思葛思，意思就是有很多不可理解東西的島。這片渦流在小說中是一座島的模樣，實際上卻不是如此。真正的渦流其實位於海面之下，目前該地區的衛星照片上看不到，只有從船舶的甲板上才能發現。根據目前擁有的資訊來看，這堆垃圾不大可能真的形成一座

「島」。然而，這並不是小說要關心的事，更不是科幻小說的重點。科幻小說「不是科學的文學，而是知識能提供的可能性建構出來的文學」（Klein, 1978）。一如其他科幻故事，吳明益的小說提出的是一個社會的、政治的、宇宙的虛擬實境。

小說情節圍繞著幾個人物交錯的命運展開，每一個人物最終都走向臺灣東海岸。其中一位就是阿特烈，隨渦流漂流好一段時日後被帶到臺灣。一位因山難而失去孩子和丈夫的臺灣作家阿莉思收留了他，渦流災難造成的後果影響的範圍自此遠遠超出了臺灣的邊界。小說把每一個角色（人類和非人）的命運連結在一起，其中也包括當地住民達赫。布農族的達赫是一名計程車司機，偶爾也會參與救難隊的任務。另外還有原本是按摩小姐，而後成為餐廳老闆的哈凡，以及許多來自世界各地的人。

廢棄物的處理和掩埋是構成唐．德里羅（Don DeLillo）著名的小說《地下世界》[111]（*Underworld*, 1997）的重要情節。故事中的角色在面對末日浩劫的威脅之際，試圖尋找生命的意義。臺灣作家七等生也有一篇短篇小說〈垃圾〉探討同樣的主題，小說的敘事者所住的小鎮被周圍河流帶來的垃圾淹沒（七等生，1986：63-75）。更近期的作品還有中國作家的後人類賽博龐克小說《荒潮》（2013），講述如何處理電子垃圾之島的問題。最後，海嘯吞噬島嶼的故事也有自己的舞臺，其中最著名的作品之一是由小松左京所寫的《日本沈没》（1973）。這些文本的互文性並未有確切的定論，但我們可以在吳明益的作品中看到相關主題的痕跡。例如以二次世界大戰為背景的小說《睡眠的航線》結尾即是二〇一四年的東南亞大海嘯。

此外，吳明益也關注海洋的塑膠汙染問題多年，經常撰寫文章表意，特別是《家離水邊那麼近》中對有毒物質排入海洋造成的汙染有不少著墨[112]。而後來的作品《複眼人》也對這本散文集中提到的主題多有呼應。除了對東海岸的探查外，四年後寫成的這本小說中也可以看到他把臺灣的島嶼想像拿來和其他作者與文化比較。海洋在這些作品中代表的不只是現實的風景，也是人類生存在同一地球空間的象徵。

《複眼人》中的所有角色都因為垃圾渦流而感受到生存在同一空間的事實。其中阿特烈的感受應是最為苦澀也最微妙的。原本的阿特烈對世界的地理一無所知（對他來說，島就是他的世界），直到被沖上臺灣才開始了解。阿特烈和阿莉思討論過各自的世界觀，阿莉思拿出了地球儀，向阿特烈展示兩人住在同一個星球上。

阿特烈無法理解怎麼用那麼小的一張圖替代那麼大的一片海（頁295）。當阿莉思要他在地圖上指出瓦憂瓦憂島的位置時，他抓起一把土送到她面前。阿莉思因為這一舉動，開始思考也許地圖的呈現方式限制了宇宙的範圍（頁298）。來自瓦憂瓦憂島的阿特烈和島上的人一樣以為世界就是一個島（頁18），在臺灣的歷險讓他逐漸了解自己身在群島之上。就地理學或地質學來看，地球的地理環境並沒有改變，改變的是這些角色的對空間的認知，各別的經歷建構成一個島嶼網絡，每一個個體都是「一個大水盆裡小小的空蚌殼」（《複眼人》，頁21）。群島式的世界觀貼近大洋洲的研究論述，例如對太平洋島嶼文化和詩學都有深入探索的斐濟人類學家浩鷗法（Epeli Hau'ofa）就提出我們同屬於一片「群島之洋」的說法（Hau'ofa, 2008）。

全球生態浩劫造成的垃圾渦流在慣常的世界觀上剖出一道裂縫，小說中的角色也因為生態意識的覺醒看到了世界的極限。

達赫和國中同學阿力討論垃圾處理問題時，阿力無奈表示焚化廠、掩埋廠都是政府的幌子，他們實際上根本沒有意願也沒有能力消化垃圾，只能互踢皮球。

角色和世界整體的關係由此而生。以莎拉為例（她的父親原本以獵鯨為生，後來投入保育工作）原本是海洋學家的她也是在意識到海洋不屬於任何國家，而是世界上所有人共同的海後，便毅然加入環境保育之列（同前，頁275）。

小說的結尾和《睡眠的航線》一樣，是一場淹沒瓦憂瓦憂島的垃圾海嘯。累積了數十年的渦流只花了幾秒便把一座島和島上的居民吞沒了：

海嘯意志堅強，彷彿一把巨大無匹的刨刀，將大洋上另一塊垃圾渦流往瓦憂瓦憂島推進，在三分三十二秒的時間內，將這個小島的生命與無生命體，盡皆刨入海底。（《複眼人》，頁354）

島上唯一預知海嘯災難的掌海師與掌地師反覆說著，他們不要任何理由，「只是安靜地活在世界的角落」：

帶著各種垃圾的巨大海嘯來臨時，他們一人面向海，另一人背向海，分坐島嶼兩側，睜大雙眼看著這一切的發生。掌海師的眼眶因為太過用力，而流出血來。掌地師則雙手緊抓著土地，直至指節盡皆碎裂。他們的身體被巨浪拍打，瞬間撕裂，即使意志堅強，仍然忍不住哀嚎起來。島上的房子、貝牆、泰拉瓦卡，美麗的眼睛、悲傷的手繭、布滿海鹽的頭髮和一切一切島上關於海的故事瞬間湮滅。

（《複眼人》，頁355）

一如殖民主義，生態危機影響的範圍也是極為廣泛的，都是一種宇宙屠殺（cosmocide）。吳明益在這本小說中連結了生態詩學（écopoétique）與後殖民詩學（postcoloniale）的概念，或可說他帶著原始主義的視鏡看待這個事件。南亞大海嘯發生後，一九八〇年至一九九〇年間西方國家違法傾倒於索馬利亞的核廢料被大浪捲上岸，或者將核廢料貯存於達悟族居地蘭嶼，這兩者都和瓦憂瓦憂島遭垃圾渦流海嘯吞沒一樣，標誌了未經殖民的社會被迫進入人類世[113]。印度學者查克拉巴提近來嘗試以後殖民的觀點討論氣候變化，正好與這個假設吻合。人類世時代的人類已然成為最為主要的地質力量，在此前題下，人類應如何看待「我們」這個群體（身為人類的「我們」）？面對未來的危機，我們該如何應對？這些危機的「分布」遵循著什麼規則？一個沒有殖民社會的世界，可以商討出什麼樣的集體協議（Chakrabarty, 2012）？

《複眼人》沒有直接點出這些問題，但在行文間仍可讀到面對氣候變化劇烈與生態浩劫增長，吳明益如何思考人口遷徙的議題。該以什麼態度面對這些因當地環境退化或環境變遷而被迫遠離家園的「環境難民」（climate refugees）？以太平洋小島為例，吐瓦魯（Tuvalu）和吉里巴斯群島（Kiribati）的居民曾聲稱面臨生態災難，盼紐西蘭為身為環境難民的島民提供協助。此舉必然影響到現有的入境與居留法規，迫使國家全面修正現行政策，對該國法律而言，無疑是一項艱難的挑戰（Kempf, 2009）。《複眼人》的阿莉思不假思索便把阿特烈的到來記在臺灣悠久的移民史上（18節）。小說裡不只有像阿特烈或在智利岸邊擱淺的未婚妻烏爾舒拉這些來自其他島嶼的「環境難民」，還有來自島內的，例如阿莉思、哈凡或其他岸邊的居民，都是失去了家園、工作和資源，必須移往內陸地區生活的難民。哈凡最後選擇和達赫的家族一起生活，而阿莉思則在達赫位於深山的獵寮裡住了下來。

從廣義的角度來看，海洋的形象和它在小說中表現出的任性重新定義了鄰坊的概念，特別是福爾摩沙群島與其他太平洋島嶼間的關係。小說因此與臺灣近年在認同上的擺動產生共鳴，重新思考與東南亞諸島地理歷史間的互動關係。這種認同也存在於（臺灣人）國族文化的想像之中「海洋」空間的開闊、外散與（中國）大陸僵化的認同形成強烈對比。這種言論也令人聯想到格里桑將群島思想（又稱「網絡思想」〔pensée de réseau〕）和大陸思想（又稱「體制思想」〔pensée de système〕）二分的概念（Glissant, 2009）。然而，儘管偶與格里桑理論中群島的開放形象共鳴，但這些言論大多時候仍著重在臺灣的過去，強調和中國之間特殊的命運，藉此為國家的歷史奠基[114]。儘管這些所謂的「海洋文學」作品和上述國族主義對於海洋思想的論述在概念上並非完全契合（至少不能以一言蔽之），但做為臺灣特殊的地理象徵，同時也是這座島的過去與未來，海洋仍然是各種不同表述方式的共同根基。

吳明益《複眼人》中的海洋，與其說是為了種下臺灣國族心中的有機根，不如說是為了呈現在地與全球性問題的關係而存在。做為「共有資源」的海洋喚起了讀者的第一層意識，即海絲（Ursula K. Heise）所提出的生態世界主義（eco-cosmopolitanism）。換句話說，它見證了自地方感（sense of place）轉為全球感（sense of planet）的典範的轉移（Heise, 2008）。

文中使用的「共有資源」（commons）一詞在環境主義的論述中被普遍用來指稱月亮、

海洋或大氣等原本屬於整個生境（包含人類與非人），卻在資本主義社會中被強行侵占或私有化的實體與空間。十八世紀的英國因為圈地運動（Inclosures Acts）的影響，無論是人類社群或自然生態都經歷了一場浩劫，在那之後，資本主義捕獲裝置開始介入（Marzec, 2007）。「共有資源」一詞在當時便專指公共財產與空間，此一用法令人聯想到生物學家哈定（Garrett Hardin）的文章〈共有資源的悲劇〉（The Tragedy of the Commons, 1968）。文中指出，任何公共資源的運用都無可避免地會造成個體間的衝突與相關資源的耗竭。然而，今日的環境倫理主義者多反對哈定的看法，呼籲收回並重新分配這些「資源」，將不同的文化和主體性整合到共同的未來之中。

因此，無論是把垃圾渦流視為事件或是一個物件，它都重塑了人與空間、時間和他者的關係，對人類主體性來說都是一項挑戰，我將在第七章更詳細地說明。

災難最終重新定義了所謂的「公有」，也就是我們決定分享的範圍：海洋、自然資源或記憶的場所。小說中，政府以「還我福爾摩沙」為口號發起大規模淨灘活動，目的即是激發島上居民的愛國情操。然而，專家評估這場被政治目的操控的衝動需持續一百年以上，才能讓海灘回復舊貌。達赫對此抱持懷疑的態度，質疑「舊貌」是否真的存在過，並思考哈凡的餐廳第七隻 Sisid 算不算舊貌的一部分[115]（《複眼人》，頁 220）。

自此，垃圾渦流做為全球化與環境危機的隱喻擴大了角色的身分認同，也改變了他們對鄰坊的定義[116]。

超物件世代

我認為可以用莫頓創造的詞彙「超物件」（hyperobject）來理解《複眼人》小說中的核心物件——垃圾渦流。莫頓認為，人類世即超物件的時代（the time of hyperobjects）。他定義的超物件通常具備擴張蔓延的特性，如輻射、全球暖化或海洋汙染等。這些超物件促使我們重新思考如何測量我們鮮少直接感知的時間與空間。他曾寫道：

超物件是廣泛分布於時間與空間中的物件，人類進入生態危機時代後便會浮現……它們具備非定域（non local）、時間波動與黏滯的特性。換言之，它們擁有一些奇特的特質，當我們試圖擺脫時，它們會黏附不放。對它們的了解愈深，就會明白它們是如何與我們緊密糾纏。對它們的了解愈深，就會看清它們有多麼奇異、多麼可怕。它們跨越的維度如此廣大，以至於人類一次僅能窺見幾個碎片。（Morton, 2011a）

如此看來，人類破壞生態系統、引發生態危機後的象徵性產物「垃圾渦流」完全符合莫頓對人類世物件廣大且不可預測的定義。小說中的渦流也是無跡可循的，隨著洋流與海底地震支解再重組。在這些碎片未碰撞臺灣海岸前，我們也無從得知它們將往何方漂流，是日本？還是正朝著臺灣而來？或者往南太平洋漂去？（11節）正如輻射外洩（莫頓列舉的超物件之一），渦流也會受到許多「自然」現象的影響，如風、洋流、海嘯……

除了介於虛實之間的垃圾渦流外，近年來最受關注的超物件無疑是二〇一一年三月福島事件產生的輻射雲。此一事件再一次提醒我們（若真有必要）資本主義與科技發展之間的緊密聯繫。由於生態系統在本質上本就互相關聯，加上社會結構也存在這樣的特性，這場災難的後果終將彼此交織，「不再有自然災害，剩下的只有一個逮到機會就蔓延開來的文明災難」（Nancy, 2012）。

儘管難以立即察覺，超物件在空間上的不定性和觸手可及的距離都讓它成為人類日常生活中無法躲避的威脅。小說中威脅臺灣島與其他太平洋島嶼的渦流雖已存在數十年，卻因為始終沒有產生末日感而從未受到政府機構正視。垃圾渦流緩慢卻毫不遲疑地逐漸積累，摧毀的不僅是大大小小的地景（瓦憂瓦憂島、東岸、阿莉思的房子和哈凡的餐廳），連社會關係和文化習俗都隨之消滅，其中又以沿岸原住民聚落受到的影響最巨。

渦流這種 **novum**（新奇事物）促使人類思考這些變化。然而，正如吳明益在散文作品或這本小說中所言，這些變化事實上早在多年前就因河川汙染、當地居民遷移、汙染環境或造成毒害的工廠進駐、道路工程（隧道、高速公路）的施行、觀光客的湧入，甚至是破壞地景的建築等因素就已開始。所有的一切都導致這場日常災難的發生。文學評論家楊照在《複眼人》的序言中取用漢娜．鄂蘭（Hannah Arendt）「邪惡的日常庸俗」（banality of evil）一詞，創造出「毀滅的日常庸俗」來形容這部小說寫出的現象。這種沉默卻無所不在的日常暴力無論如何快速地蔓延，都不足以成為新聞頭條或好萊塢關注的主題：

環境的破壞、毀滅，是日常性的。比殺人奪命，消滅掉一整個種族，更是日常一百倍、一千倍。毀滅一點一點地來，一點一點地累積，（……）破壞、毀滅真正的特性，和好萊塢要講的，剛剛好相反——在於其沉默、安靜、普遍、無所不在，也就是在於其日常庸俗。

但，怎麼描繪那日常庸俗的毀滅？既然是日常庸俗，也就沒有醒目顯眼之處，畫了不也等於沒畫嗎？

吳明益之前曾經用散文之筆畫過。他的《蝶道》、《家離水邊那麼近》建立了一種不同於之前臺灣「自然寫作」的腔調。他如此細心，且如此耐心，排除了搶救的迫切語氣……

同樣的細心與耐心，也重現在《複眼人》裡。

（小說的）焦點不在奇觀本身，毋寧在即便如此奇觀災難當頭，人們畢竟

還是只能以一種日常庸俗的態度對之。（楊照，2016：13-14）

我們可以從這段精闢的評論中，看到這種日常且持久的毀滅如何迫使我們重新思考物種與危機在所有生境中的關係。科幻文學的力量就在於此：以更長遠的眼光看待超物件帶來的影響，邀請讀者重新思考我們和時間、期間和地理等因素的關係。法國學者內拉特也曾提出與楊照相似的觀點，認為在「災難的生命政治」（biopolitique des catastrophes）中應該最先關注的「不是（風險的）密度，而是它在社會中延展的維度（Neyrat, 2008）」。

正如在《睡眠的航線》裡，沒有任何人事物可以逃離戰爭的威脅，《複眼人》對海洋與沿岸生態造成危害的災難也觸及有所的領域。因此，需求因應而生，我們必須在渦流肆虐形成的廢墟之上建造新的主體性和新聚落。就和人類世的戰爭將所有生物與地點捲入全球歷史相同，莫頓認為「生態藝術需借鏡戰爭藝術，當全球環境皆處於緊急狀態之中時，沒有所謂的安全之地」（Morton, 2010）。同樣的，海洋汙染造成的生態浩劫不僅影響到環境，還會改變我們身分認同的程序、居息的模式，甚至是更廣泛地，改變我們的想像力。

科幻文學作家並不是企圖預測即將發生的明日（futur），而是探求未來（avenir）的各種可能。他們想催生的是另類的虛擬實境，隨而啟發新的生存與共存的模式。

註釋

100 他曾在《家離水邊那麼近》的〈後記　查達姆〉中提到蓋婭假說的對他的影響（《家離水邊那麼近》，頁 253）。

101 參閱學者樂唯（Jean Lévi）對這則寓言的分析。他從混沌被鑿而死的過程中，看到藉由打破原始混沌而恢復自然秩序的企圖。

102 這段敘述令人想起吳明益在散文〈虛構時代〉（2007）中列舉海洋對不同文化的象徵意義。

103 學者以祿（Jacques Ellul）曾說明技術系統如何運用各種有利的條件，保障拯救世界的行動必要的排他性和獨斷性，為自己製造的問題提出解決方法（Ellul, 1977 : 161）。

104 詳見網站 https// www.penguinrandomhouse.com/books/221242/the-man-withthe- compound-eyes-by-wu-ming-yi/9780345802880/

105 （譯註）也稱為浩劫小說或敘事。

106 關於末日小說的研究，可以參考 Paik, 2010。

107 我對臺灣科幻小說的掌握也許並不完整，但在查閱眾多研究、選集和文本中發現末日敘事相對較為罕見（特別是和日本或中國的科幻小說比較）。這麼說並不是否定臺灣科幻小說的價值，事實上早期的林燿德、張系國或黃凡，以及後來的伊格言、賀景濱、高翊峰，還有身為研究者與譯者的洪凌和紀大偉都寫科幻小說。他們的故事中充滿了後人類與賽伯格，值得深入探究。關於這個問題，可以參考紀大偉《膜》的法譯版後記（Gaffric, 2015b）。

108 三部小說《鼠城記》、《最後的樂園》和《天堂島》的背景設定在同一個末日宇宙，但內容互不相干。相關討論可參考黃怡婷，2010。

109 伊格言二〇一三年寫的《零地點》也涉及到群島上的核能問題。故事中，核四廠的事故導致整個島嶼的北半部都成為輻射汙染區域。比較兩部相隔近三十年的作品應有不錯的收穫（兩位作家都是彼此的讀者）。伊格言的小說在反核運動最盛之時搭了順風車，而宋澤萊的小說——較為浪漫，也更激烈——在今日看來仍然十分寫實，特別對核災的預測非常準確（這本小說在車諾比核災發生前出版）。

110 〈環境傾圮與美的廢棄——重詮宋澤萊《打牛湳村》到《廢墟台灣》呈現的環境倫理觀〉（2008）。

111 （譯註）也有人譯為《地獄》。

112 例如〈像野火一樣 Ga nang-nang〉〉一文。

113 這個說法尚待證實。雖然小說中的瓦憂瓦憂島不屬於任何國家，而且島上的傳說很少提及外地，但島上仍然有殖民者留下的痕跡，島民至少見過一位英國人類學家。島上的女孩烏爾舒拉也是混血兒（可能是歐洲人和島民的後代）。

114 有關這個議題的論述不少，這裡舉出兩例：一是廖中山的〈海洋台灣 VS. 大陸中國〉（1995），二是呂秀蓮的《台灣大未來——海洋立國世界島》（2004）。

115 小說中嘲諷了這種愛國和懷舊的衝動，呼應臺灣當時反抗國家機構天真且虛偽的言論的趨勢。學者柯漢東（Corrado Neri）在《懷舊臺灣：從現代華文電影追憶臺灣歷史》（*Rétro Taiwan. Le temps retrouvé dans le cinéma sinophone contemporain*）中自漫畫（小莊《八〇年代事件簿》）和文學（《複眼人》）的角度重新評估了福爾摩沙的文化遺產的價值。

116 阿帕度萊（Arjun Appadurai）認為「地方性是關係化、脈絡化的，而不是階序的或空間的。它是一個複雜的現象學，由一系列社會即時的感受、互動的科技和脈絡的相對性構成」（Appadurai, 2005：257-284）。

參考書目

- Appadurai Arjun, Après le colonialisme : les conséquences culturelles de la globalisation, Françoise Bouillot（tr.）, Paris : Payot, 2005.
- Chakrabarty Dipesh, “Postcolonial Studies and the Challenge of Climate Change”, New Literary History, n° 43, Vol.1, 2012, p.1-18.
- Don DeLillo, Underworld, New York: Scribner, 1997.
- Ellul Jacques, Le Système technicien, Paris : Calmann-Lévy, 1977.
- Freedman Carl, Critical Theory and Science Fiction, Hanover: Wesleyan Universty Press, 2000.
- Gaffric Gwennaël, « Science-fiction et quête d'identité à Taiwan », in Chi Ta-wei, Gwennaël Gaffric（tr.）Membrane, Paris, L'Asiathèque, 2015b, p. 201-213.
- Hardin Garrett, “The Tragedy of the Commons”, Science, n°162, 1968, p. 1243-48.
- Hau ʻofa Epeli, We are the ocean: selected works, Manoa: University of Hawai'i Press, 2008.
- Heise Ursula K., Sense of Place and Sense of Planet: The Environmental Imagination of the Global, New York: Oxford University Press, 2008.

- Kempf Wolfgang, "A Sea of Environmental Refugees? Oceania in an Age of Climate Change", in Hermann Elfriede, Klenke Karin et Dickhardt Michael（ed.）, Form, Macht, Differenz. Motive und Felder ethnologischen Forschens, Göttingen: Universitätverslag Göttingen, 2009, p. 191-205.
- Klein Gérard, « Préface. Mais qu'est-ce que nous avons donc perdu ? », in Les perles du temps, Paris : Denoël, 1978.
- Levi, Jean, Propos intempestifs sur le Tchouang-tseu. Du meurtre de chaos à la révolte des singes, Paris : Allia, 2003.
- Marzec Robert P, An Ecological and Postcolonial Study of Literature, New York: Palgrave MacMillan, 2007.
- Meinesz Alexandre, Le roman noir de l'algue « tueuse », Paris : Belin, 1997.
- Morton Timothy, "Coexistence and Coexistents: Ecology without a World", in Goodbody Axel and Rigby Kate（ed.）, Ecocritical Theory: New European Approaches, Charlottesville and London: University of Virginia Press, 2011, p. 168-180.
- Morton Timothy, The Ecological Thought, Cambridge, Massachusetts and London: Harvard University Press, 2010.
- Nancy Jean-Luc, L'Équivalence des catastrophes（Après Fukushima）, Paris : Galilée, 2012.
- Neri Corrado, Rétro Taiwan – Le temps retrouvé dans le cinéma sinophone contemporain, Paris : L'Asiathèque,

2015.

- Neyrat Frédéric, Biopolitique des catastrophes, Paris : MF, 2008.
- Paik Peter Y., From Utopia to Apocalypse: Science Fiction and the Politics of Catastrophe, Minneapolis, London: University of Minnesota Press, 2010.
- Stengers Isabelle, Au temps des catastrophes. Résister à la barbarie qui vient, Paris : La Découverte, 2009.
- Suvin Darko, Metamorphoses of Science fiction. On the Poetics and History of a Literary Genre, New Haven: Yale University Press, 1979.
- 七等生，《老婦女》（臺北：洪範，1986）。
- 小松左京，《日本沈没》（東京：光文社，1973）。
- 伊格言，《零地點》（臺北：麥田，2013）。
- 吳明益，〈環境傾圮與美的廢棄——重詮宋澤萊《打牛湳村》到《廢墟台灣》呈現的環境倫理觀〉，《台灣文學研究學報》，第七期，2008，頁 177-208。
- 呂秀蓮，《台灣大未來——海洋立國世界島》（臺北：資本家，2004）。
- 宋澤萊，《廢墟台灣》（臺北：草根，1985）。
- 陳楸帆，《荒潮》（武汉：长江文艺出版社，2013）。

- 黃怡婷，〈黃海《文明三部曲》之生態批評初探〉，《東華中國文學研究》，第八期，2010，頁 141-162。
- 楊照，〈毀滅的日常庸俗——讀吳明益的《複眼人》〉，收錄於吳明益（著），《複眼人》（臺北：新經典文化，2016），頁 12-15。
- 廖中山，《海洋台灣 VS. 大陸中國》（基隆：海洋台灣，1995）。

第七章

生態烏托邦 Écotopies

重構時間與空間

如果以楊照為《複眼人》寫的序來說，這本書不是一本末日小說，它講的是曠日引久、日常庸俗的環境災難。然而，儘管這部小說的主幹顯然是生態議題，並不代表吳明益虛構的探索僅止於自然環境的破壞。作者對空間本身如何變化也是感興趣的，就連居住其中的人類群體也是他關心的對象。小說探討的也不只是影響人類與非人類的生態浩劫，更普遍地究其根本，其中就包括了資本主義。吳明益思索的核心問題包含了在資本主義的生產模式下，空間和時間之間的關係。

小說中對於資本主義意識型態的控訴之一，在於對於即時性的追求。然而，與想像中不同的是，這裡的速度指的不是時間的問題，而是空間，一個被侵蝕的空間，或者以哈維的說法來說，就是被時間壓縮的空間。法國哲學家維希留（Paul Virilio）較吳明益更早思考這個問題，他提出以速度空間（speed-space）取代原本的時間空間（space-time）（以自然速度定義的空間），在這樣的空間裡，速度指的是引擎、機器，甚至是光線，空間和時間在他的定義中因此變得抽象（Virilio, 1977）。《複眼人》中的阿莉思分享她對近幾十年來島嶼（特別是東海岸）的改變時便帶有這種思維：

我們住的地方只是一個小小的島。（……）我常常想，如果一個小鎮一個小鎮慢慢走，一個部落一個部落慢慢走，這個島就會變得很大。談戀愛時，我跟我當時的男友傑克森說過這樣的話：這個島會變成今天這個樣子，說不定是因為島上的人都想很快到島的每一個地方去的緣故。（《複眼人》，頁212）

故事開始的時候，阿莉反覆思考島嶼的東海岸究竟屬於誰，最後得出了結論：現在應是屬於買地蓋農舍，選出腦滿腸肥的縣長，最終把新公路開通的首都有錢人。這些人決定路該怎麼走，為了速度和方便，決定在山崖上修建公路，因此對海岸的風景造成了無法挽救的傷害（頁30）。另一個類似的例子是薄達夫。他花了許多時間才意識到開挖雪山隧道的危險性（而這條隧道不過縮短了幾個小時的車程）。幾年後，當他向學生說明這項工程時，他這麼說道：

「而我的工作，就是設計出一種能夠鑽通山的『內心』的器具。」薄達夫一一地與臺下年輕的雙眼對視：「不過，現在，我偶爾會懷疑，為什麼不繞過去就算了，特別是面對那些『內心』特別複雜的山。快速通過到另一個地方是一種生活型態，繞過去則是另一種生活型態。我們以為自己在進行一種科學的選擇，其實是在進行一種生活型態的選擇。[117]（《複眼人》，頁243）

薄達夫的沮喪直指資本主義意識型態下交通與通訊網快速發展的目的在於開發新市場，藉此降低成本、確保生產效率（Harvey, 1995：232）。險阻的隧道工程如東海岸公路開發，在小說中都是哈維口中「後現代條件」下藉時間縮小空間的案例。

兩個端點間速度的加速，代表資本主義中有更多（市場）交換的可能。因此，「資本主義不只是為了破壞和解體而存在，它是世界的經營者（entrepreneur du monde），為世界帶來新的面貌和形式……意味著不僅是世界，甚至是在其中生活的方式，還有共存的模式都受這種新的機制牽制」（Neyrat, 2002）。這番見解呼應了薄達夫和阿莉思的說法，速度的加速和距離的縮短意味著對生活模式的選擇，也就是把空間標準化。

面對小說中的人物對這種空間安排的質疑，創造新的空間倫理和在空間中移動的倫理便是必要的回應。吳明益就選擇以減速、步行和不可預測的書寫來對應加速的意識型態。早在《複眼人》與《單車失竊記》之前，他的散文作品中就經常歌頌步行。這裡列出幾篇做為代表：〈行書〉（2003）、〈我以為自己到了很遠的地方〉（2007）、〈步行，以及巨大的時間回聲〉（2007）和〈步行，以及海的哀傷〉（2007），光就標題來看就足以說明這些文本關注的倫理議題[118]。

吳明益用散文記錄了他在島上的遊歷與探查（或步行或騎單車），也展現對步行的偏好，他這麼寫道：「步行讓人舒展想像」（〈步行，以及巨大的時間回聲〉，《家離水邊那麼近》，頁143）。他對步行的歌頌應放在美國自然書寫的傳統中分析，這也是他的立論基礎。例如愛德華・艾比（Edward Abbey）在《曠野旅人》（*The Journey Home*, 1977）[119]中所寫：

> 走路花的時間長一些，因而延長了時間，延長了生命。生命過於短暫，不應浪費在速度上。（同前）

步行對他的意義在於：

對我而言步行最大的意義是你增加了遇到人、遇到各種生命的機會，而能從容地等待一隻西藏綠蛺蝶停下來。那些印象可以一再複習，就彷彿是時間的延展、拉長。（同前，頁143-144）

走到港口部落時，他感受到身體的疲憊，因此再次思考步行的意義：

我的步行是為了了解海岸、公路的歷史、自然與現狀，既不是為了競賽，也並非為了什麼特定的目標，而這身體仍要陪我許多年，直到我的靈魂疲憊為止，或許不必勉強吧。（……）

只要海灘還在，步行就永遠有接續的可能性。（〈步行，以及海的哀傷〉，《家離水邊那麼近》，頁183）

吳明益藉由緩步慢行，以步行的緩慢取代加速的效率，因此抵抗了被時間壓縮的空間。他的步行是為了延展時間，為了更仔細地理解自然，也為了深化記憶。米蘭・昆德拉認為速度不僅改變了空間，也改變了記憶：「在緩慢與記憶之間，在速度與遺忘之間，有一種祕密的聯繫……存在的數學中有兩個關於這種經驗的基本方程式：緩慢的程度與記憶的濃淡成正比；速度的高低與遺忘的快慢成正比」（Kundera, 2011 : 306）[120]。

對吳明益來說，步行的目的並非抵達目的地，而是深入理解空間，或者創造相遇的可能。步行本身開創了另一種在這個世界生存的模式，這種模式在排除加速的生產效率後塑造一個與世界共存的方法。總而言之，即是以不同的移動方式適應這個空間。學者蒙坦東（Alain Montandon）認為步行是一種社會現象，「是入世最直接的方式……因此，也應是書寫最能立即表達的方式之一」（Montandon, 2000 : 7）。某種程度上繼承了浪漫主義風格的吳明益透過書寫自己的步行，提出了探尋一地和住民的方法[121]。陳芳明對吳明益這種看待書寫與步行的態度如此評價：「他的文字不是書寫出來，而是以他的徒步旅行走出來的……吳明益追求的是文字的行動與實踐」（陳芳明，2007 : 6）。

吳明益對步行的態度並不止於書寫，在小說《單車失竊記》出版之際，他就騎著他所收藏的一部幸福牌老鐵馬從臺北一路往南，在北中南東各個獨立書店演講。二〇一六年夏天，《複眼人》再版時，他也在小說故事的背景花蓮安排了一系列戶外朗讀和行腳的活動。

這些帶有詩性和倫理意義的做法重塑了空間的意義和居住經驗，可和地理批評（géocritique）對文學和空間互動的論述一起討論：

> 地理批評的理論在於捨棄單向線性（空間—文學）的論點，改以雙邊對話（空間—文學—空間）的模式來討論兩者。換句話說，空間在形塑了文本的特性後，也會反過來被文本影響。因此，文學和人類生存空間之間的關係並非固定不變，而是會動態變化的。空間在文學中轉換後，會再次影響現實空間（所指），激發這個初始的空間中未曾展現的可能，或反過頭來影響閱讀文本的方式。（Westphal, 2000：21）

從瓦憂瓦憂島的烏托邦到森林教堂的異托邦

巴舍拉這麼寫道：「由想像力擷取的空間不再是可以被測量或由幾何學支配的冷漠空間。它不是從實證的角度（positivité）被體驗，而是在所有想像的可能性中被體驗」（Bachelard, 1961：27）。除了散文外，吳明益對於空間體驗的思考在小說中也有另一種回應，想像的空間會創造出小說的空間。這個主題在《複眼人》中，因為烏托邦和異托邦的想像更為豐富。

在進入小說「異托邦」的反空間（contre-espaces）前，也許可以先把目光轉向一眼就能認出的「烏托邦」：瓦憂瓦憂島。克倫巴（Ernest Callenbach）曾在《生態烏托邦》（*Ecotopia*, 1975）中想像一個位於美國領土之上的國家，那裡的人遵循著神聖的生態倫理，過著環境友善的生活[122]。瓦憂瓦憂島有別於克倫巴的烏托邦泡泡，是一個在世界之外的想像空間，一座位於太平洋上、與世隔絕的島嶼[123]。瓦憂瓦憂的社會制度與宗教信仰平衡了「當代」社會破壞生態的行為。而這座島的神話本身也令人聯想到一個因人類過度消耗自然資源而破壞的伊甸園。

烏托邦不只是地理名詞，更是一種知識論的造物。瓦憂瓦憂人在社會與文化上似乎對自然較為尊重。小說中提到瓦憂瓦憂人的食物禁忌，與達悟族作家夏曼・藍波安強調族人為維持食物「永續」而遵守的禁忌[124]相及。除了明顯的互文關係外[125]，瓦憂瓦憂的烏托邦也和王家祥《魔神仔》（2002）裡撒都索居住的原始生態烏托邦相似。在王家祥的書中，撒都索是一個被遺忘的民族，因為未知的現代性災難而受害（第一章）。然而，瓦憂瓦憂島的烏托邦比撒都索的更為曖昧。瓦憂瓦憂島的次子在第一百八十個月圓時必須出海，這種堪比馬爾薩斯主義的暴力並不能完全解決島上資源不足的情況。阿特烈質疑這樣的不公平（第8節），烏爾舒拉也質疑島上的父權神話（17節）。因此，這個社會並不是完美的，不像詹姆斯・卡麥隆（James Cameron）執導的《阿凡達》（*Avatar*, 2011）中想像的星球，以傳統的方式把生態和科技、自然和文明放在對立面。潘朵拉星上的納美人是被動而溫和的，他們的生活方式基本上也是和諧的[126]。

除此之外，阿特烈和烏爾舒拉這兩位瓦憂瓦憂人的故事也充滿了不定性，這些角色不是被鎖在一個基礎的、固定不變的文化中的人。同樣的，哈凡與達赫這兩位抵抗全球現代性的臺灣原住民，也和二十世紀臺灣的漢人作家筆下那些具備浪漫主義和原始主義特徵的原住民（「高貴的野蠻人」）（Sterk, 2009）不同。因此，瓦憂瓦憂島這種「歧義的烏托邦」並不像克倫巴的生態烏托邦。它存在的目的不是為另一種政治思想背書，而是為了表現他們看世界的方式和價值觀都隨著全球環境危機而毀滅[127]。

面對這些生態「毀滅的日常庸俗」，小說中的人物提出了「異托邦」的模式。異托邦脫離了純理論的理想，進入較有可能實踐範疇。傅柯談異托邦，說它對抗「反空間」（contre-espace）、「反群體」（contre-communauté），無論有意識與否，都與制度創造出的標準空間產生對比。對傅柯來說，異托邦是很真實的場所，能夠容納想像，可能是「花園深處、閣樓的儲藏室，甚至更好的，是在閣樓裡支起的印第安人帳篷」（Foucault, 2009 : 24）。

《複眼人》中有好幾個異托邦：

一、阿莉思一家居住的海邊房屋，後來因海水上升成為海上房屋。這座小屋是傑克森模仿瑞典設計師埃里克．古納德．阿斯普朗德（Erik Gunnar Asplund）的「夏日住宅」設計的。小屋根據綠色建築的原則建成，有一臺小型海水淡化的機器，以當地的原生植物環繞小屋，完全尊重她希望融入的環境。小屋與東海岸那些阿莉思和傑克森反覆批評的人造建築形成鮮明的對比。海平面上升後，當地政府一再勸說搬遷（安全考量），他們總是充耳不聞，誓言除了天然災害，沒有人能逼迫他們離開。

二、第七隻 Sisid。這間餐廳的老闆是邦查人哈凡，也是阿莉思的朋友。餐廳的外觀也和海邊小屋抱持同樣的邏輯，希望創造一個和其他新建築不一樣的另類空間。小說中多次提到哈凡餐廳的菜色和其他當地民宿相差甚遠，第七隻 Sisid 的菜色都是在地的有機農作，而且從不鎖門，熟客隨時可以進到餐廳裡，為自己倒一杯 salama 咖啡或小米酒。餐廳最後也和阿莉思的小屋一樣，被垃圾渦流捲走。

三、達赫的山中獵寮。海嘯帶走阿莉思的海上房屋後，阿莉思到達赫位於山徑末端的獵寮住了一陣子。她瞞著海岸邊的朋友，和阿特烈與撿來的小貓 Ohiyo 在那裡度過好幾個星期。和阿特烈在山上的日子裡，她重新學習如何在山中行走，也認識了山裡的生物。海嘯發生的前一天夜裡原本打算死去的阿莉思在那裡重新找回了生命的樂趣，也嘗試以新的方式和阿特烈溝通並分享故事[128]。

四、小說中最重要的異托邦應是「森林教堂」，最能表現團結的意象。森林教堂是達赫的叔叔阿怒弄的，只是一塊林地，沒有大門，沒有圍牆。這塊地是阿怒貸款買下的，路過的旅人可以自由漫步。阿怒為前來森林的遊客導覽，教他們種小米、狩獵或蓋房子。

垃圾渦流撞上海岸線後，哈凡、達赫和他的女兒鄔瑪芙一起回到阿怒的部落。和部落裡的人成為朋友後，他們決定留下來照顧森林。達赫透過一位參與隧道工程的朋友認識了薄達夫，因此後來也引介薄達夫和莎拉加入他們。

雖然小說裡從未明指，但這座教堂在現實中確實有一個真實的場所（topos）。這個場所位於臺東布農族的鸞山部落（Sazasa）上方，由布農人阿力曼管理。博物館的路口就和小說裡一樣，由兩棵盤根錯結的大樹代表，名為「天堂門」。作者以「教堂」取代「博物館」似乎賦予了這個空間宗教性和儀式感。

傅柯提出幾項準則定義異托邦，其中一項是「進入異托邦不是進出磨坊」，人們要不是被強迫進入，就是要舉行某種儀式或經過淨化的過程才能獲得許可進入（Foucault, 2009: 32）。阿怒在帶領大家進入森林前，做了一個特別的儀式，令人想起小說前面提到的布農族的狩獵儀式（19節）：他將小米酒灑在地上，讓每個人以自己的語言祝禱（阿美語、布農語、德語或挪威語），並強調森林都聽得懂（頁306）。接著，阿怒要大家一次以一種感官來感受森林。他要薄達夫和莎拉進入森林入口的岩洞，讓岩洞「認識認識」：

他帶著隊伍到一塊巨岩前面，岩上樹的老根盤結，岩下有一個小洞，是布農獵人打獵遇到雨時躲雨的地方。達赫本身也是導覽員、鄔瑪芙跟哈凡也進來好幾次了，阿怒說：「岩洞已經認得我們，只有客人還不認識」，因此他要薄達夫和莎拉進入讓岩洞「認識認識」。（《複眼人》，頁308）

而後，阿怒又要兩人摸樹的樹根，「看看能不能聽到『樹在吸水，或者是一棵樹正在變成兩棵樹的聲音』」（《複眼人》，頁311-312）。進入森林教堂的人開始以身體感受環境。擠進洞穴後的薄達夫和莎拉肩碰著肩，也體會到與地方「共生」之感。這種關係可以用梅洛—龐蒂（Maurice Merleau-Ponty）的身體性（corporéité）來理解。他強調人與他者的關係必定要透過身體才能建立，主張身體與靈魂不是全然對立的兩方，身體不只是對象物體或一層包裹（enveloppe），而是體驗的積極條件，也是建立關係的積極條件（Merleau-Ponty, 1976）。再者，異托邦本身即是為重新詮釋身體和空間關係而存在。因此，身體做為一個和他者建立關係的整體，也可被視為一個異托邦。而以森林教堂做為異托邦的目的不在於追尋浪漫主義與自然合一的理想，而是重新探索身體和周身世界可能發展的關係。

森林和洞穴都像是一個媒介，哈凡、莎拉、薄達夫和阿怒都在他的呼喚下，走進思緒的深處或是記憶的迷宮之中。小說中提到哈凡第一次來到森林教堂後，「覺得找到了某種可以盛裝自己的容器」。因此當這些人來到這裡過夜時，哈凡也獨自鑽進洞裡，達赫雖然發現哈凡不在，卻也不打算去打擾她：

> 帶著大家爬上那株大白榕的樹腰時，達赫已經發現哈凡不在了。但他猜想她應該是暫時地進去岩洞裡頭，這事他也常幹。那個洞就是有這樣的吸引力，會讓人想蹲進去看看。他決定保持安靜，不去打擾她。森林正在對她做什麼，他沒有必要插手。（《複眼人》，頁311）

再回到傅柯的異托邦，那是個「對外界封閉，卻也單純開放的空間。所有人都能進入，然而真的進入後又像是幻覺。異托邦看似不設限，其實卻把你排拒在外」（Foucault,

2009：32）。森林教堂的邊界就是開放的。當達赫的女兒鄔瑪芙半夜提議和哈凡到森林教堂走走時，哈凡還驚訝地詢問有沒有鑰匙。抵達時，哈凡才發現森林教堂其實是一塊林地，以兩棵巨樹權當門口，任何人都可以前來休息或沉思，就像傅柯提到的南美洲開放旅客住宿的農家房間。

哈凡問鄔瑪芙森林教堂有什麼。後者回答「有會走路的樹」（《複眼人》，頁184）。會走路的樹，布農語為Vavakalun，挑戰了一般定義下的邊界。阿怒也開著玩笑說起移動的邊界：

> 「因為過去布農人會用大石頭和樹做地標，所以有時候我們的祖先會選大樹來跟別人分那個地的界限。一段時間以後，耶，這個奇怪喲，那個地的界線好像會移動的樣子，好像慢慢變得不一樣喔。結果一注意就發現，原來這個榕樹變得很大以後，氣根會長到地上，有的時候樹大死了，氣根反而變成一棵新的樹。有時候族人太久沒有到裡面啊，就會以為那棵新的樹就是舊的樹。所以我們叫它Vavakalun，就是會走路的樹的意思。」（《複眼人》，頁311）

因此，森林教堂異托邦就是為了躲避功能性和經濟至上的安排而存在：現實的領土被小說重新定義，為地方群體開展出新的可能。這些群體內的社會關係被重新定義，與環境的互動也有了令人愉悅的改變。美國學者尼克森（Rob Nixon）認為：「如果現代的民族國家的概念由想像共同體產出的，也就代表可能還有（尚未）想像出的群體有機會成型」（Nixon, 2011 : 150）。森林教堂異托邦便是為回應這種形成群體的欲望而生，它確實存在於臺灣，也是小說虛構的場所。這樣的場所可以重新建構不同主體性的關係，以及主體性與環境間的關係。森林教堂聚集了經歷生態浩劫而產生的不同感受。儘管有些人只是短暫駐足（如薄達夫和莎拉只在森林裡過了一晚），這種彷彿見到新群體正在形成的感受予人構思新居所的可能，而且，這個居所將同時提供儀式、實踐和體驗。

瓦憂瓦憂島有如亞特蘭提斯，但森林教堂卻是生根臺灣的烏托邦。這裡的人試著以不同的方式行事並共同生活。因此，我把森林教堂視為一個「生態烏托邦」，因為生態學涉及的就是對於如何共存的想像[129]。它關心的不只是非人類的環境，還包括共同生存的環境中所有鄰近的區域：人與人、異物與異物間的所有關係。

117 二十一節多在講述工程師與工人在建造隧道時遭遇的困難。當時的工程事故犧牲了許多生命，然而儘管多次失敗，政府仍堅持挖通。

118 更早之前，吳明益就在〈國姓爺〉一文中將人類控制速度（也可延伸至時間）的能力和蝴蝶相比。詳見《迷蝶誌》，頁 133。

119 愛德華．艾比是美國作家與環運人士，重要的自然書寫著作包括《沙漠隱士》（*Desert Solitaire : A Season in the Wildernes*, 1968）和《猴子歪幫》（*The Monkey Wrench Gang*, 1975）。而對於自然書寫中的「步行」，做為梭羅的忠實讀者，吳明益應該也讀過《心靈散步》（*Walking*, 1862）一書。

120 臺灣的馬克思主義社會學家趙剛針對這種新自由主義下的快速發展，提出「慢社會」的模式（趙剛，2001）。吳明益的緩慢和趙剛的論點之間也許關聯不大，然而這裡提出後者的原因在於表明，在這個發展開發主義和新自由主義的群島上，仍然存在反對加速意識的聲音。

121 「我喜歡以自己的步調行走，想停就停。閑散的生活即我所需。天氣晴朗的日子裡，不急不徐地造訪一地，最後再以一件愉快的事結束此行。這就是所有生活方式中最合我意的一種」（Rousseau, 1995 : 172）。

122 克倫巴在這本書中想像了一個一九九九年獨立的國家，那裡的人民按照政治生態學、無政府主義和原始主義的原則生活，故事由一位報導生態烏托邦的記者講述。

123 小說中的某些段落甚至會讓人懷疑，阿特烈（以及所有關於瓦憂瓦憂島的事）都是出自於阿莉思的想像（去世多年的兒子也活在她的書寫中）。書中的阿莉思是唯一和阿特烈有互動的臺灣人。

124 關於夏曼・藍波安的生態原始主義和生態世界主義，可以參考 Gaffric, 2013。

125 瓦憂瓦憂島的命運也和蘭嶼相似，兩者都遭到島外來的廢棄物威脅（小說中是各種廢棄物，蘭嶼則是核廢料）。

126 除了「印第安公主的神話」外，法國學者亞速（Mehdi Achouche）認為這部電影也是「美國神話的再現」，卡麥隆的原始主義和對荒野的歌頌似乎與民族主義詩人看待原始自然的角度一致（Achouche，2012）。

127 「歧義的烏托邦」（utopie ambiguë）一詞為勒瑰恩著作《一無所有》（*The Dispossessed*, 1974）的副標題。儘管在這本關於生態─無政府主義的書中表現出烏托邦的美好，勒瑰恩還是試圖想像了這種社會的限制。

128 阿特烈和阿莉思之間的溝通方式是這本小說關注的重點之一。阿莉思形容兩人之間一開始的語言隔閡就像一堵牆。這堵牆很快就會消失，並不是因為學會了彼此的語言，而是他們改變了溝通的方式，超越了語言可以表達的範圍。阿莉思這麼說：「有時候說著說著，我以為他能完全聽得懂我的話。不是語言意義上的懂，而是其他的什麼」（頁 215）。當敘事的角度回到第三者身上時，也對此表示：「不過阿莉思漸漸發現，即使是距離相當遠的語言，也會漸漸產生對話性，有時甚至不必使用一般定義的語言」（頁 252）。兩人很快會發現，溝通的過程比內容更有意義，即使他們傳遞的訊息並不透明也沒有關係。

129 「生態學包含我們對共同生活的所有想像。生態學最重要也最深奧的問題即是共存。存在意指共存，沒有人是一座孤島。人類對他者與環境的需求是相同的，人類即是他者的環境」（Morton, 2010 : 4）。

參考書目

- Abbey Edward, The Journey Home, New York: Dutton, 1977.
- Achouche Mehdi, « Avatar, ou la régénération du mythe de l'Amérique », in Gutleben Christian（ed.）, Le cinéma américain face à ses mythes : Une foi incrédule, Paris : L'Harmattan, 2012, p. 81-99.
- Bachelard Gaston, La poétique de l'espace, Paris : Puf, 1961.
- Callenbach Ernest, Écotopie. Reportages et notes personnelles de William Weston,（tr. Christiane Thiollier）, Paris : Stock, 1978.
- Foucault Michel, Le corps utopique suivi de Les hétérotopies, Paris : Les Lignes, 2009.
- Gaffric Gwennaël et Heurtebise Jean-Yves, « L'écologie, Confucius et la démocratie : critique de la rhétorique chinoise de "civilisation écologique" », Écologie&Politique, n° 47, 2013, p. 51-61.

- Harvey David, The Condition of Postmodernity: An Enquiry into the Origins of Cultural Change, Cambridge: Blaxwell, 1995.
- Kundera Milan, Œuvres II, Paris : Gallimard, Bib. de la Pléiade, 2011.
- Le Guin Ursula K.（娥蘇拉・勒瑰恩）, Les Dépossédés（《一無所有》）, Henry-Luc Plenchat（tr.）, Paris : Pocket, 1983.
- Merleau-Ponty Maurice, Phénoménologie de la perception, Paris : Gallimard, 1976.
- Montandon Alain, Sociopoétique de la promenade, Clermont-Ferrand : Presses Universitaires Blaise Pascal, 2000.
- Morton Timothy, "Queer Ecology", PMLA, n°125, Vol.2, 2010, p. 273-282.
- Neyrat Frédéric, « "Ici le monde" : Politique de la finitude pour une époque éco-technique », Actuel Marx, n° 15, 2002, URL : http://actuelmarx.u-paris10.fr/alp0015.htm.
- Nixon Rob, Slow Violence and the Environmentalism of the Poor, Cambridge, Massachusetts and London: Harvard University Press, 2011.
- Rousseau Jean-Jacques（盧梭）, Les Confessions（《懺悔錄》）, Paris : Gallimard, Bib. de la Pléiade, 1995.
- Sterk Darryl, "The Return of the Vanishing Formosan: Disturbing the Discourse of National Domestication as the Literary Fate of the Aboriginal Maiden in Postwar Taiwanese Film and Fiction", URL: https://tspace.library.utoronto.ca/bitstream/1807/19095/6/Sterk_Darryl_C_200911_PhD_thesis.pdf, 2009.

- Virilio Paul, Vitesse et politique. Essai de dromologie, Paris : Galilée, 1977.
- Westphal Bertrand, « Pour une approche géocritique des textes », in Westphal Bertrand（ed.）, La géocritique, mode d'emploi, Limoges : PULIM, 2000, p. 9-39.
- 陳芳明，〈歷史如夢——序吳明益《睡眠的航線》〉，收錄於吳明益（著），《睡眠的航線》（臺北：二魚文化，2007），頁 4-10。
- 趙剛，〈為什麼反對全球化？如何反？——關於全球化的一些問題的思考與對話〉，《台灣社會研究季刊》，44 期，2001，頁 49-146。

結論

Conclusion

我讀過很多關於自然資源保護論的定義，自己也寫過不少。但我認為最好的定義不是用筆，而是用斧頭砍出來的。這些定義應考慮的是：人在砍樹或在決定砍什麼樹時，心裡所想的是什麼？自然資源保護論者應該是這樣的人：每當他揮舞斧頭時，他都謙卑地知道，自己正在大地的面孔上留下簽名。

——阿爾多．李奧波

從「關係詩學」到「宇宙政治學」

《複眼人》故事的最後，阿特烈決定出海去找烏爾舒拉。這是一趟注定失敗的航行，畢竟瓦憂瓦憂已被垃圾渦流吞沒，阿特烈在汪洋之中的生存機率微乎其微。阿特烈離開後，阿莉思似乎又回到他出現之前孤獨絕望的狀態，可是事實上那時的她已不再孤單。阿特烈雖然像來時一般神祕地離開了，但那隻在海嘯災難隔天撿到的、有異色瞳孔的貓 Ohiyo 卻留下來了。小說是這麼畫下句點的：

> 阿莉思感到有個毛絨絨的什麼正在摩擦著她的腿。
>
> Ohiyo。是 Ohiyo。
>
> 阿莉思為自己仍有一個對象可以這樣呼喚而感到高興。不知不覺中，Ohiyo 已經成為一隻漂亮的大貓，她得為這個仍然活著的小東西做些什麼。
>
> 貓抬起牠小小的，不可思議的微妙頭顱，張開那雙一眼是藍色，另一眼是棕色的眼睛，回應她的呼喚，看著她。（《複眼人》，頁 360）

垃圾渦流不只對海岸線帶來影響，帶走了阿莉思的房子和哈凡的「第七隻 Sisid」，也促成達赫、鄔瑪芙和哈凡在阿怒的森林教堂裡形成一個新的群體。

這樣的小說結尾也許為生態危機下了最好的註解：除了帶來災難外，它也為人類和非人類間、生物間的新關係畫出了輪廓，為個體與他者和異物提供了重新思考彼此關係的機會。這種新的關係打破對立的模式，共同為新的群體創造新的共存原則。

如此看來，生態詩學應包括作家在試圖抵抗和創造的過程中設想的所有新的共存方式，也就是格里桑所說的「關係詩學」（poétique de la Relation），一個「潛在的、開放的、多語的，直接跟任何可能性接觸……所有的認同都因和他者的關係而開展」（Glissant, 1990: 44, 23）。在關係詩學框架中的生態詩學既構成詩學的挑戰，也是美學的挑戰。就此觀點來看，貝特森（Gregory Bateson）與格里桑多有相似之處，兩者認為所有的美學都會產生關係的美學：「所謂美學，即是對關係結構的敏感度……你和這種造物的關係為何？你們之間由什麼樣的結構連結？」（Bateson, 1984 : 17）。

我在這本書中試圖呈現吳明益的書寫可能延伸出的所有體悟和觀點，這些生態學的反思最終不只限於自然或環境，也不只關注全球暖化或工業汙染，而是日常的「關係本質學」

（ontologie de la relation），其中涉及的除了人與非人的關係，也有人與人的關係。

關係中的生態學不能簡單地以部分和全體來看，而是命運交疊的眾生[130]。也許這正是吳明益的作品中反覆出現的複眼人承載的意義：證明人類還有能力與意願停下腳步傾聽由共存的生物演奏的記憶協奏曲，並與他們構築一個彼此尊重的生存環境。而對文本來說，複眼人展現的是作家在單一文本中統合龐大的世界觀與多重宇宙的能力。

有時我踏入文字森林，感覺好像踏入某種故事的疆界，那裡充滿了任何可能與不可能的物事，那裡真是「眾生」、是一個真實得讓你覺得有點虛構化的圓成宇宙[131]。（〈衰弱的逼視——關於《蝶道》及其它〉，《蝶道》，頁277）

寫作當然無法拯救亞馬遜雨林，朗讀一首詩也不能復育旅鴿（*Ectopistes migratorius*）。然而，文學與藝術的存在卻能開啟一扇門，通往框架之外、穿梭慣常思緒之間。因此，解讀一個臺灣作家的目的不在於探索如何保護生境和瀕臨絕種的生物，而是如何構思一個具體的、以公共利益和多元且共享的未來為優先考量的集體。以此為前提，生態詩學便不再是「一」的詩學，不是將自然擬人化的捍衛者眼中有意識、有脾氣的整體，而是在一個空間中共生的異相眾生。正如生態批評理論的支持者所建議，生態詩學不應止於純粹的美學探尋，更應轉以宇宙政治學的角度看待，也就是在「性質各異的生命共存的世界中提出政治問題[132]」。

文學的角色（如果可以這麼說）也許就是想像未曾存在的情況。一如昆德拉在《小說的藝術》（*Art du roman*）中所說：「小說不是研究現實而是探索存在。存在不是已發生的既成之事，而是人存在於其間的一種可能的場所，也就是所有人類可以成為的、可能做到的一切……小說家不是歷史學家也不是先知，只是探索存在的人」（Kundera, 1995：57, 59）。

正因如此，吳明益才更是值得探討的研究對象。身為一個當代作家，他的視角雖有侷限和矛盾之處，卻仍竭力照亮臺灣日常現實的灰色地帶，以及人類世的這個共同的當下所有的場所。吳明益的作品中的確逐漸浮現格里桑所謂的「整體世界」（Tout-Monde）感，換句話說，就是意識到世界上無論是婆羅州的森林、夢幻湖、臺北的中華商場或是臺灣的東海岸，所有的地方都不是封閉的世界，而是由共有的元素連結起來的。本研究中最具體的例子即是海洋或月亮。

以實際行動或文學參與一地的發展並不會限制該地對整個世界開放，臺灣對吳明益而言也非「自我參照的中心」，而是一個「差異的連續體」（continuum de différences）（Corcuff, 2015: 353）。他認為：

> 「臺灣」是這個島嶼上所有生物與生境的混合詞，一個不斷變動的名詞。臺灣每天都在死亡一點，誕生一點，然後變得更加臺灣。（〈行書〉，《蝶道》，頁 239）

因此，福爾摩沙島與世隔離的處境，無論是從認知、地緣政治或地理環境上來看，都只是一個相對的現象。吳明益以自己的方式提醒我們，臺灣恰好就是一個美好的群島網絡顯露在外的那一部分，這種網絡的存在應擺脫封閉群體（communautaire）的框架，走向地球群體（communauterre）。

註釋

130 吳明益在〈行書〉一文中定義生態系為「一個個體總合無法等於總體的詞，一個可以被拆解成無窮的細部，卻又能組構成一連串詩一般動態複義的詞，一個發散數列，一個容納所 有生活動意象的黑洞」（《蝶道》，頁 240）。

131 「眾生」一詞又可見佛教概念的引用，這個詞的梵文為 sattva，意指「一切有感情、有意識的生物」。

132 Émilie Hache，2012，24。

參考書目

- Bateson Gregory, La Nature et la pensée, Alain Cardoën, Marie-Claire Chiareri et and Jean-Luc Giribone（tr.）, Paris : Seuil, 1984.
- Corcuff Stephane, « Derrière Taiwan, Formose », in Neri Corrado, Retro Taiwan. Le temps retrouvé dans le cinéma

sinophone contemporain, Paris, L'Asiathèque, Coll. « Études Formosanes », 2015, p. 349-362.

- Glissant Édouard, Poétique de la Relation, Paris : Gallimard, 1990.
- Hache Émilie, « Chapitre I : Reclaiming Democracy », in Hache Émilie Hache（ed.）, Écologie politique : Cosmos, communautés, milieux, Paris : Éditions Amsterdam, 2012.
- Kundera Milan（米蘭．昆德拉）, L'Art du roman（《小說的藝術》）, Paris : Gallimard, Coll. Folio, 1995.

附錄

人類世前奏曲

Prélude à l'Anthropocène

——高格孚（Stéphane Corcuff），法國里昂政治學院副教授

我們對人類世的理解至今尚未明朗，但對它的開端卻已有一個很清楚的認知，即工業發展，以及人類對生物資源的消耗。這種消耗對生態的破壞之深，不只對生命造成了不可逆的影響（特別是引發物種第六次大滅絕），也擾亂了地球的氣候平衡。面對這一現象的因果，科學家尚未取得共識。然而有件事是可以確定的：一場動態的變遷已然展開，而人類無法改變這場變遷的走向。它將對生物產生極為深遠的影響，人類也將自食惡果。

令人驚訝的是，「Anthropocène」（人類世）一詞最早在一九五九年便已出現，然而直到六十多年後，在資訊快速傳遞與普及的今日，當我們輸入這個詞彙時，電腦仍會顯示拼字錯誤。難道問題在於我們仍然把它視為新詞和新概念？

事實上，我們對進入工業時代以來面對的僵局已有大量的分析，這些工作在在標誌出人類自「全新世」（Holocène）走向「人類世」的歷史已推進了好幾十年，更不消說學者、專家、外交系統和主流媒體也經常把這個詞掛在嘴邊。近年來，該詞彙出現在共眾議論的機率顯著增加。邁入新的世紀後，學術著作也多有著墨，直到二〇一八年，各界對這個概念的討論達到高峰。

這一年，地球出現有史以來最高的溫度，聯合國政府間氣候變遷專門委員會

（Intergovernmental Panel for Environmental Changes, IPCC）的報告指出，至二一〇〇年為止，全球氣溫將會上升一點五度。同一年，《科學雜誌》（*Science*）也揭示海洋溫度的上升，證實了全球暖化已成為現在進行式。許多國家，包括法語區的國家與社會都開始組織大規模的遊行，呼籲重視氣候問題。國家媒體亦將此概念視為重點，加倍關注。

與其說人類並未預見「人類世」的到來，不如說我們並沒有聽見這些至少自七〇年代起就開始描述這個現象的聲音。或許就是因為充耳不聞、視而不見，或者沒有勇氣使用這個詞彙，所以才長期忽略它，不是嗎？

那些自說自話的預言家[133]對大自然的反擊作出的描述有時非常精確，例如「生態滅絕」（écocide）。過度消費與屯積或浪費資源等現象有時會被視為「消費型社會」的特色，有時又被認為是資本主義延伸出的亂象——科學史專家費索（Jean-Baptiste Fressoz）便以「資本世」（Capitalocène）一詞概括。另外還有「垃圾食物」一詞，這個說法源於一九七九年史黛拉（Stella）和喬爾·德侯斯耐（Joël de Rosnay）的著作，他們在書中描述了這種摒棄品質、以量取勝的用餐惡習，以及伴隨而來的健康和濫殺動物的問題。

革命的輪廓就此逐漸成型，演變至今日對人類主宰地位的反思，以及重新徹底檢視與大自然的關係。正因如此，一如關首奇所說，這場革命造成的典範轉移與探討人類世本身的科學證據同樣重要。

對於人類世本體論的思考必然會督促我們正視一系列基本的挑戰。若人類世真的存在，且問題的確出在人類競相破壞自然，那麼解決之道也必在人類與自然的關係之中。然而，人類對此問題的思考只能是單向的，除了去感受大自然遭受的破壞和產生的感變外，大自然本身並沒有任何回應能力。因此，我們也只能用人類擁有的知識來了解自然、看待自然，並建構它的模樣。更糟的是，當我們發現必須打破人文科學、社會學、經濟學、硬科學和地球科學等學科的邊界，重新理解這個我們稱之為「自然」的集合體才能找出對應方法時，竟無法真正有系統地去思考這個問題。科學的範疇會在進入人類世時產生劇烈的變動，或者氣候變遷與物種滅絕的情況會在二次大戰後加劇，這兩者的發生都並非巧合。如果無法如生物學家單偉彌（Vianney Denis）那般，深入研究當地居民如何食用或販賣某種藻食性軟體動物外殼，進而導致藻類在珊瑚礁生態系中成為優勢族群，光以氣候暖化做為檢視的基礎，如何確實理解臺灣南部沿海珊瑚礁衰退的現象？生物學、社會學、歷史學和人類學之間的對話不應受到任何阻撓，才能真正理解這個現象的全貌，並在維持生物多樣性、尊重國際公約和推動觀光產業（這個概念也許令人厭惡，卻與相關的經濟、文化和社會議題有著密切的關係）之間達到平衡。吳明益取用多元的科學領域與概念，似乎也呼籲著應以跨學科的方式來理解這個已自成系統的問題。

也許這些呼籲修正人類與自然的關係的聲音可以從盧梭到梭羅等詩人或哲學家的文字間流露的深愛大自然的情感中找到源頭，而這也是生態批評的第一波浪潮——自然書寫的開端。然而在他們之後那些政治意味更濃厚、更為激進、更投入、更暴力的承繼者，那些過去為人詬病的思想家都不是因為他們的暴力行為受到當代人的審視。真正被拿出來檢驗的，都是他們對工業社會的分析。大學炸彈客（Unabomber）泰德．卡克辛斯基（Ted Kaczynski）便是一例。在八〇至九〇年代間，人們以譴責暴力行為為由，拒絕接收卡克辛斯基試圖傳遞的訊息。然而今日輿論卻重新審視了他當時對人類剝削大自然的批評態度。

法國支持綠色運動的黨派在七〇、八〇年代間推選出的總統候選人早已對我們今日假意展現的研究成果提出相關政見。然而，當時他們的意見無不淪為幻想，試圖建立的意識型態也沒有發展成確切的解決方案。這些人的第一輪投票率在一九七四、一九八一和一九八八年間分別是：杜蒙（René Dumont）一．三二%、拉隆德（Brice Lalonde）三．

八一％、威希特（Antoine Waechter）三．七八％。從這些數字可以看出他們的聲音並未受到重視。然而昔日的這些吹哨者不該被我們遺忘，若真如此，「發展主義與資本主義便會成為歷史的必然，今日談論的生態主義也將成為新生的概念。而仍然相信過去這些意識形態的人在面對困境時，也僅會做出微調或修正，不去思考改變系統或典範的可能。」關首奇在閱讀這篇時如此說道。今日，人類反思與自然和動物間的關係，反思我們的自然性和動物性，反思最能處理極端生態危機的政治形式，反思如何以制度暴力應對，總總思維都是為了以自由意志和民主的方式制定一個真正公正且永續的方案。而「微調」的概念事實上正與眾多的反思背道而馳。

這些聲音的源頭並不遙遠，也並非難以理解，只是當時看來「難以置信」而已，而那些先知唯一的錯誤僅僅在於比他人更早看清事實。這些人遭到蔑視、鄙夷、妒忌甚至忽視，直到社會上有人願意與他們同行時，他們早已被遺忘在歷史的一角，留下來的只有深植腦海的負面形象。

若科學家、哲學家、社會學家、社運人士甚至這個領域的專家提出的事實無法說服大眾，或者自己看得明白卻無法明白地呈現，是否還有其他可能的、必要的、迫切的行動可以讓大眾感受到生態危機的急迫性，並幫助改變習慣與思考方式？文學會不會就是一種可能？

在賦予文學救世主的角色前，我們要先檢視問題的所在。當年指出「永續」應是既能滿足當代的需要，同時又無損後代滿足其需要的發展模式的《布朗特蘭報告書》[134]距今已有三十年。在此期間，關於生態危機的指數與曲線持續往上攀升，實際上卻似乎什麼也沒有發生。然而，在生態危機已然成為急切且嚴重的問題之際，永續發展的概念是否終究過時了，或者至少應該加入其他新的元素？

生存環境的平衡既已至無可挽救之境（順帶一提，災難也將周而復始），問題的重心難道不該是如何抵抗與生存，或說如何在竭力保有生物多樣性的前提下適應新環境？

因此，我們得以賦予文學一個所有人都可以執行的使命，一個和他人一起改變現況、保護仍可挽救的並適應當下的機會：透過以現實為養分寫成的小說，想像一個較為美好，或者墮落不堪的未來，想像可能形塑未來的原因和後果（而非當下的模樣）。科學往往需要循序漸進，以嚴謹的研究方法推導出結論，並提出具有說服力的說法，但文學卻能直線推進。科學必須有條有理，有時甚至被條理約束，也經常遭遇否認證據的批評。文學則相反，它是可以躍入虛空之境、乘著汽球飛翔、跨出界線的詩學，也許和量子力學一樣自由，卻不需面對科學從實驗室到田野的灰暗與哀愁。

這便是關首奇的「生態批評」意識，即「透過文學思考虛擬的、未來的和生存的問題」。正因這種「探查、反抗與創造」的能力，文學能輕易地跨足氣候問題，延伸出丹．布隆（Dan Bloom）所謂的氣候小說（Climate fiction，簡稱 Cli-Fi）。透過虛構的小說，文學也許可以觸動那些面對證據也不願屈服的靈魂。

文學的研究是否能跳脱理論的範疇，不再只為地球的苦難加一筆多餘的註解，而無法提出任何實際的建議？研究者是否應該排除作者的私人品性，不去檢視他某天沒有把垃圾分類、過度餵食家裡的兩隻胖貓、為討好因應生態問題的急迫性而生的市場需求而寫作，或者個人行為和倡導的價值觀不對稱？

關首奇和我對於這本關於人類世文學的書籍有個共識，即使這是法國第一本以單一位臺灣作家為主題的研究，我們也沒有必要拿著放大鏡觀看作者的個人事蹟。身為一名參與社運的作家，我們認識的吳明益的確不會有上述的問題。然而，讀者在本書中除了他的兩隻貓的名字叫 Ohiyo 和 Hitomi 以外，不會再讀到任何關於他的資訊。也許，在這場人與非人的對話中，牠們對主人表現的愛意就和《複眼人》裡的Ohiyo對從海嘯裡救出她的阿莉思一樣。

儘管這項研究中幾乎看不到傳記性的敘述，但也沒有人禁止我們把吳明益的創作視為一種邀請，重新檢驗我們的日常習慣，隨著他的呼喚，思考人類與自然的關係在當代的突變。以法國著名的狂人國（Puy du Fou）中世紀主題公園裡的禿鼻鴉飼養員克里斯多福・卡伯里（Christophe Gaborit）為例，他訓練了一批可以撿拾遊客垃圾與菸蒂的禿鼻鴉，並宣稱能與他們溝通。他對Arte電視台的記者說：「牠們用眼神跟我溝通。」另一個著名的例子是尼采。一八八九年一月他在義大利都靈（Turin）從無情的車夫手中救下一匹馬。當代人將他的行為視為生命終結之前的瘋顛。然而，這件事仍然展現了他對馬的憐憫，這馬不是別人，是「他的兄弟」，鼻頭上的一吻是對兄弟的情誼。

文學也許不是走在社會發展的前端，然而，與硬科學、人文科學、社會科學、經濟學、哲學等學科相比，卻更能針對大眾表達生態問題的急迫性……也能為固執的讀者帶來創新。

關首奇以一本博士論文和他的研究綜觀吳明益的作品，把生態視為「關係的本質」

（ontologie de la relation），鋪成一條通往人類世的認識論之路。他走的不是純文學的道路，從科學的角度出發，讓他的思路更為清晰。同時，身為一個文化涵養深厚的人，他也在文中多次提及世界文學，展現豐富的學識。

《人類世的文學》遠遠超出吳明益出生的島嶼，因為臺灣不是某個國家的鄰國，而是世界的一份子；因為文學是普世的；因為吳明益抓住了在墮落與重建之間擺盪的世界的微震。

我們的社會並非只有相信人類滅絕、試著描繪末日的論述，儘管它搖搖欲墜卻仍充滿創意。我們也許可以把皮耶─亨利．卡斯岱（Pierre-Henri Castel）的「滅絕主義」（effondrementalisme）視為絕望淩駕意志、習慣災難必難降臨的思想。心理學家卡恩（Peter Kahn）將這種習慣稱之為「環境世代失憶症」（environmental generational amnesia）[135]，只要我們能意識到它自發性的動態預言，就能避免它發生。讓我們回頭看看電影《明日世界》（*Tomorrowland*, 2015）中不斷把末日景象植入人類腦海的天眼塔。這座塔在電影的最後被摧毀，也因此切斷了傳送負面思考的禍首，進而擺脫原本悲劇的宿命。

無論人類是否已經成為取代生態的力量（而非人類世一詞所指涉的自然力量），得以影響氣候、海洋、地球生命，我們都確實走進了一個典範轉移的新時代，在這裡人類與自然的關係，以及自然對人類的影響都在改變。如此一來，也許我們都朝著佛教的中心思想，甚至可說是最古老的印度思想——不二（non-dualité）前進，而站在兩端的即是人和自然（儘管這麼說有點簡化了問題）。如同闕首奇所提（第五章），佛教的環境哲學對吳明益而言並不陌生。

那麼，人類世下的全球共同命運之中是否也有個人意志存在的空間？例如垃圾分類、減少消費、重質不重量，或者重新尋找自我目標，不再與他人比較……如果這些小事變得普及，是否能對整個情況產生決定性的影響？也許可以。然而要求每個人檢視自己的行為，等於是要求他們對自己施暴，而現今的政府受制於大眾的反應，並沒有能力這麼做。

與其囿於其中，不如將它視為一種反省的契機。法蘭索瓦・德克羅傑（François de Closets）早在七〇年代（又是七〇年代）便揭露了《永不滿足！》（*Toujours plus !*）的情況，描述這個過剩的文明，以及對於富足的幻想。而外在資訊與個人身分交織纏繞，也產生肯尼斯・洛根（Kenneth Gergen）在一九九一年提出的「多重認同」（multiphrénie）的問題，也就是每個人的自我會變得過於飽和。而這還是在網際網路通行之前的情況。這些現象真的是幸福之道嗎？

回歸簡樸也許會是莫大的助力。然而如何才能避免讓這種態度成為獨裁者強加的意志，淪為道德勸說，甚至帶來負面的後果？上個世紀九〇年代出現的生態獨裁主義如今已幾乎無人再提，至少當下的狀況是如此。

那麼在消極的應對和令人窒息的各種限制之間，應該如何取得平衡？可以知道的是，若只以個別國家的利益為前提倡導去全球化，似乎只會引發更多的衝突。人類學家克勞汀·布赫雷（Claudine Brelet）提出的「地球學」（planétique）也許才是真正考量了全體利益，並且更為理性且有更多討論空間的選項。另外還有去成長（décroissance）的地理政治，這個概念也許只會導致國家中心論，因此並不可行。除此之外，還有另一條路可走：去消費主義（déconsommation）。這種做法是捨棄被侷限在無法永續發展的邏輯和因私人投資而「去鞏固化」（déconsolidation）[136]的民主中的政府，從個人層面上尋找可能的解決方法。

去消費（déconsommer）意味著有意識且自發地減少生活中對滿足感的追求，藉此減少對自然資源的掠奪、減少大排長龍的欲望、停止支持那些蹂躪地球且巧妙竊取我們荷包的大型企業、增加個人儲蓄，同時也減輕我們汙染環境的責任。

這麼做也能讓我們重新意識到一件被遺忘的事：月亮上的蘆葦終究需根植土地。也許，我們應該換個方向思考。一個二・〇版的人類不應只是賽伯格，也要是一個可以在本性與夢想、恐懼與發展、野性與同時具備建設與破壞的智力之間找到平衡點的人。

如果想避開令人感到不適的情況，也許文學的天真會是刺激我們反應的方法？吳明益描述了一個巨大到甚至能夠讓一座島嶼沉沒的垃圾渦流。這樣的寫法並非虛構，而是超現實：在科學家不得不小心處理束手縛腳的方法論，急切地辯論之際，他帶著文學的高度和氣魄鳥瞰現實。如此看來，文學或許是一種形式的擴增實境（augmented reality）。我們不僅可以透過閱讀這些引發共鳴的故事來逃避，也可以把它視為透過非現實手法表現出的現實的延續（這種手法放在今日也能引發我們共鳴）。

近幾代以來的人類的確浪費了過多的資源，然而，當下之急應摒除對這些人的怨恨，專注於眼前的事務。部分的人類陷入過度消費的情狀也許源自於我們的祖先感受到的焦慮。例如在吃到飽餐廳裡暴食、假裝無視於動物受到的折磨與苦難，這難道不是過去以狩獵採集為生的遠祖對於三餐不繼的憂慮產生的原始反應嗎？又或者，在情況允許時，拒絕調低暖氣的溫度、拒絕調暗室內照明。這種心態難道不是因為憶起過去面對山洞的寒冷和夜晚的危機而產生的補償心理？

也許，正是因為面對死亡、飢餓、寒冷、黑夜和疾病，我們才對奴役自然的行為如此麻木不仁？我們是否因為這些先天的弱勢而被囚禁在復仇的機制當中，而各種生物和文化的習性（例如害怕蜘蛛）更減緩了我們克服原始焦慮的速度，阻礙我們和這片賴以生存的自然和解？也許，人類從來都沒有進化成智人（*Homo sapiens*）。

如果我們尚未找到可以創造奇蹟的解決方案，何不嘗試一項不可能的任務。讓我們擺脫毫無誠信的政治論調、虛假的選舉制度、沒有出路的暴力運動，從政治虛無主義與卡克辛斯基的生態恐怖主義中抽身。

勢既已至此，何不給文學一個機會？關首奇在這本書中交叉運用了臺灣文學研究、生態批評和後殖民批評等方法，深入探討吳明益如何藉生態問題超越一般人類與非人類、地方與全球的框架。雖說談論的是虛構的小說，但每一個案例都切實且具體：從對生態系統的觀察到對都市規化的批評；從通過環境的視角重寫歷史到重新檢視自我認同；從對批評物種主義和人類中心主義意識形態的批評到對生態浩劫的科幻想像都是如此。

這本書不僅是所有語言第一本談論這位臺灣作家的專著（而且如前所述，它也是法文書市中第一本專為單一臺灣作家而寫的書籍）；同時也是一本閱讀指南，指引讀者了解這位無論從島嶼文學或國際文壇來看，都是臺灣最重要作家之一的作品。吳明益會在二〇一八年三月獲得英國曼布克國際獎的提名並非偶然。法國目前已出版了多本他的作品，每一本的譯文都很精采，譯者就是關首奇。

《人類世的文學》是對臺灣這一塊以生存為目標的生態深刻的反思。臺灣在許多層面上都展現了這一特色，既是生物多樣性程度優異卻受到威脅的地區；是物種與移民人口的交接處；是許多工業、核電、自然、氣候、地質等災害的高風險區，也是一個可以自由、公開地討論生態問題的社會。這本書的目標在於思考臺灣（乃至全球）的生態詩學如何為人類與自然環境找到共存的方法。

人類世的概念與工業化密不可分，也許也和全球化有緊密的關係，因此也應與全球的地緣政治息息相關。期待這本書能幫助讀者了解這些來自臺灣的聲音。未來需要每一個人的參與，因此這些聲音也值得你的聆聽。

133（譯註）原文是 des Cassandre，原指希臘、羅馬神話中特洛伊的公主，擁有完美神準的預言能力，卻沒有人相信。

134（譯註）《Brundtland Report》，又名《我們共同的未來》（*Our Common Future*），於一九八七年由聯合國世界環境與發展委員會發布，內容主要探討永續的議題。

135（譯註）即我們生於怎樣的環境，就會把那個環境視為自然，對先前的環境毫無記憶。

136（譯註）déconsolidation：為政治理論家雅莎・蒙克（Yascha Mounk）提出的概念。

文學森林LF0167

人類世的文學——臺灣作家吳明益的生態批評研究

La littérature à l'ère de l'anthropocène: Une étude écocritique autour des oeuvres de l'écrivain taïwanais Wu Ming-Yi

作者
關首奇 Gwennaël Gaffric
法國里昂第三大學中國語言文學系副教授。研究領域包括臺灣、中國與香港當代文學研究、科幻文學、生態批評研究。譯有吳明益、紀大偉、高翊峰、夏宇、陳楸帆、劉慈欣等華文作家的作品。

譯者
許雅雯
臺灣屏東人，清華大學中文系、高師大華語教學研究所，在國內外教授華語十餘載後投入譯界，現專職筆耕。翻譯領域跨越語言學、歷史、精油、小說、繪本與博物館導覽。譯文賜教：anaisxu@gmail.com

封面設計　莊謹銘
版面構成　楊玉瑩
版權負責　陳柏昌
行銷企劃　楊若榆、黃蕾玲
編輯協力　陳柏昌
副總編輯　梁心愉
初版一刷　二〇二二年十一月二十一日
定價　新台幣五〇〇元

ThinKingDom 新經典文化
發行人　葉美瑤
出版　新經典圖文傳播有限公司
地址　臺北市中正區重慶南路一段五七號十一樓之四
電話　02-2331-1830　傳真　02-2331-1831
讀者服務信箱　thinkingdomtw@gmail.com
FB粉絲專頁　https://www.facebook.com/thinkingdom/

總經銷　高寶書版集團
地址　臺北市內湖區洲子街八八號三樓
電話　02-2799-2788　傳真　02-2799-0909
海外總經銷　時報文化出版企業股份有限公司
地址　桃園市龜山區萬壽路二段三五一號
電話　02-2306-6842　傳真　02-2304-9301

人類世的文學：臺灣作家吳明益的生態批評研究 / 關首奇（Gwennaël Gaffric）著；許雅雯譯. -- 初版. -- 臺北市：新經典圖文傳播有限公司, 2022.11
328面；14.8×21公分. --（文學森林；LF0167）
譯自: La littérature à l'ère de l'anthropocène : une étude écocritique autour des oeuvres de l'écrivain taïwanais Wu Ming-Yi.
ISBN 978-626-7061-41-1(平裝)

1.CST: 吳明益 2.CST: 臺灣文學 3.CST: 生態文學 4.CST: 文學評論

863.2　　111016274